JN080364

全員悪人

村井理子

CCCメディアハウス

全員悪人

イラストレーション＊右近茜
ブックデザイン＊鈴木成一デザイン室

全員悪人＊もくじ

この物語は事実に基づいて書かれています。

プロローグ――陽春

寝室の窓から柔らかな光が差し込んでいる。可愛らしい小鳥のさえずりが聞こえてくる。天井の模様も、ベッド横の棚も、すべて見慣れたもののはずなのに、自分がどこにいるのかわからない。

私はいつ寝たのだろう？
今日は何曜日？
ここは誰の部屋？

布団からそっと右手を出して、枕元に置いてあった眼鏡をかけた。
左を見ると、見知らぬ老人がいびきをかいて寝ている。

誰、この人。見覚えがない。こんな皺だらけのお爺さんなんて知りません。どちらさま？　誰かに似ているようですけれど。どこかでお会いしたことがあるかもしれないですね。ねえ、私が知っている誰かさん。ちょっと起きてくださいな。お顔をしっかり見せてください。

もしかしたら……お父さん？

この横顔はお父さんかもしれない。ああ、お父さんじゃないの。ほらほら、ちゃんと布団をかけなくちゃ。少し肌寒い朝なのだから、風邪を引いてしまうじゃないですか。それでなくても、去年のとても暑い日に脳梗塞で倒れて、三ヶ月も入院していたでしょう？　え、三ヶ月も入院？　どこの病院で？

あれは確か……。

第一章

あなたは悪人——翌年の爽秋

知らない女が毎日家にやってくる。ずかずかと玄関から上がり込んで、大きな声で挨拶をしたかと思ったら、勝手にキッチンに入っていく。慣れた様子なのが、とても腹立たしい。断りもなく冷蔵庫を開けて、あなたが近所のスーパーで揃えてくれた食材をぞんざいな手つきで選び、お父さんの好物を料理すると言う。なぜお父さんの好みを知っているのだろう。おかしな話だ。

私には居場所がない。

女が来ると居場所がない。邪魔にされているのだから、仕方がない。用がないと、能力がないとそれとなく言われているのだから。

知らない女に家に入り込まれ、今までずっと大切に使い、きれいに磨き上げてきたキッチンを牛耳られるなんて、屈辱以外の何ものでもない。

私は失格の烙印を押された主婦になった。

お父さんは、料理を作っている女の様子を見て、うれしそうにしている。何度も何度も、ありがとうと言っている。私がどれだけ料理をしても、これまで一度としてありがとうなんて言ってくれたことはなかった。

これは嫉妬ではない。情けないのだ。

いい年をして若い女に熱を上げるなんて、近所の人に知られたら恥ずかしくてたまらない。

だから、私はそんなお父さんの姿を、こっそり家の外に出て、キッチン窓の向こうからそっと盗み見ている。監視している。洗濯ものを干すふりをしながら、枯れ葉を集めるふりをしながら。

私がすべて見ていることに、お父さんは気づいているのだろうか。にこにこと笑って、まったくのんきなものだと思う。

最近は、私が腹を立てていることは感づいているようで、女が来ると、上着を着込んで庭に出るようになった。庭木を手入れしては、ため息をつく。悩んでいるような横顔を、わざとらしく見せてくる。

どれだけ隠したって私にはわかりますから。あの人たちのなかの一人と、お父さんがおつきあいしていることぐらい。


お父さんが倒れてから、あっという間に季節は移り変わった。外はすっかり寒くなり、洗ったばかりの洗濯ものは、広げて干そうと手に取ると、指が痛くなるほど冷たい。でもこれが、私の今の仕事なのです。

少し前まで、家事は完璧にこなしてきた。なんだってできました。ずっとずっと、お父さんのために、息子のために、なにからなにまで完璧に、私は家のなかを守ってきました。二人に不自由な思いをさせたことは、これまで一度もありません。でも、お台所を知らない女に取られちゃったんだから、仕方がないじゃないですか。

私は料理が得意だったし、掃除だって完璧にできた。立派な板張りの廊下はお父さんの自慢だったから、毎朝、しっかり磨き上げていた。

あなたはいつも、お母さんって本当にすごいですね、完璧な仕事ですよと言ってくれた。息子だって、かあさんの料理がいちばんやと、いつも言ってくれていた。それなのに、今はただの洗濯ばあさんです。

ほら、指がずいぶん曲がってしまったでしょう。

いつからこんなに曲がってしまったのか、思い出せない。

爪には薄いパールのマニキュアを塗っていたはずなのに、すべて剝げ落ちてしまっている。お花の稽古をしている頃はこんな指ではなかったのにと、不安な気持ちになる。いつの間にか年をとってしまったと悲しくなる。

そういえば、お稽古は何曜日だった？　生徒の山下さん、斎藤さん、神田さん、あの人たちは、確か火曜日の午後でしたよね？　しばらくお会いしていないような気がするから、今夜、お電話してみましょう。

それにしても、この女はいつまでこの家にいるつもりなのか。

私とお父さんに対してたいそう偉そうに、熱を測れ、薬を飲め、血圧はどうだとかなんとか、押しつけてくる。コロナが大変だ、外出は控えてくださいって、いったい何様のつもりだろう。コロナがそんなに危険なのだったら、うちに来なければいいじゃないですか。お父さんがウイルスに感染したら、どう責任を取ってくれるのですか？

服薬の確認？　資格がある？

全部嘘っぱちなのはわかっている。

いったい、誰なのだろう。なぜ私に馴れ馴れしく話しかけてくるのだろう。今日、初めてお会いしたんですよ？　常識のある人ならば、もっと丁寧に話しませんか？

だって初対面ですもの。それに私は年長者ですよ。ねえ、どなた様?

はじまりは、長瀬さんだった。笑顔がきれいな明るい人で、スタイルも抜群。五十代前半の、私よりは、ずっとずっと若い女性。

お父さんは、長瀬さんのことをとてもいい人だと言っていた。ベテランのケアマネさんだと教えてくれた。私が長瀬さんについて何か言うと、お世話になっているのだから、そんなふうに言うもんじゃないと私を叱る。

お父さんは馬鹿だから、すぐに騙される。特に美人だと、ころっと騙されて、さっさと家に入れてしまう。ケアだの、デイだの、ステイだの、英語を使って偉そうにしているけれど、長瀬さんのおかげでこっちは大迷惑だ。

初めて彼女が家にやってきた日のことは、今でもはっきりと覚えている。お父さんは、リハビリ入院を終えて、家に戻ってしばらく経っていた。私がこの日を記憶している理由は、私に対して、彼女がとても失礼なことを言ったからだ。

「そろそろゆっくり暮らされてはいかがでしょう。私たちにお手伝いさせてください。私たちに、なんでも話してください」と長瀬さんは言って、一緒に来ていたデイの責任者という人と、ちらっと視線を交わした。その瞬間、この二人は何か企んでいると、ぴんときたのだ。

「それからね、お母さん。とても大事なことをこれから言います。車の運転は、もうやめたほうがいいと思うんです。お父さんからも、車の運転をやめるよう説得しているけれど、聞き入れてもらえないというお話を伺っています。お家の敷地内で車をぶつけてしまわれたということも聞きました。ご家族のみなさんがとても心配しておられます。これからは、息子さん夫婦にお父さんの通院の送り迎えはお任せしたらいかがでしょう。あるいは、タクシーだっていいじゃないですか。買い物はヘルパーさんにお願いすることだってできるんですよ」

突然こんな失礼なことを言われ、私は面食らい、そしてショックを受けた。だから、猛然と反論した。

「車をぶつけたことなんか、一度もないですよッ！　こんな酷《ひど》いことを言われて、とてもショックです。失礼だと思います。それに私は今まで事故だって一度も起こしたことはない、優良運転手ですよ！」

いつの間にか私の横に座っていたあなたが、私をなだめるように、「お母さん、車はもう何度もぶつけてしまっていますよね。うちの家の門にもぶつかったことがあったでしょう？　それを責めているわけじゃありません。みなさん、とても心配してこうやってお話ししてくださっているんです。できれば、お母さんが自主的に……」と言って、途中であきらめたようで、それ以上何も言わなかった。この子は嘘をついている。私は一度たりとも、車をぶつけたことなどない。

長瀬さんはあなたに加勢するように、「お母さん、お嫁さんもこう言ってくれているることですし、車の運転はおやめになったらどうでしょうか」と迫ってきた。

そこにいる全員を確実に黙らせるために、私は、真実を突きつけることにした。自室まで急いで行き、自分の免許証入れを持ってきて、開いて見せたのだ。

「私が運転したらあかんと、どこに書いてありますか？　法律で決まっているんですか？　どうなんです？　後期高齢者は車を運転したらあかんと、法律で決まっているんやったら、どんな法律の何条に書かれているんか、今ここで教えてください。万が一決められているんやったら法を守りますけど、そうでないんなら車は手放しません。免許だって絶対に返上はしません。この免許証を見てください。ここに、『運転してもかまいません。安全運転でがんばりましょう』と、はっきりと書いてあるやないですか」と、私は自分の写真の横の文字を指さして見せた。

自分の声がどんどん大きくなるのがわかった。

熱をもった強い怒りをどうにかして鎮めようと、胸元を手のひらで強く押さえても、赤くなった顔は色を失うことなく、震える口元を隠すこともできなかった。

長瀬さんは困ったような表情をし、デイの責任者は冷めてしまった緑茶の茶碗を見つめていた。あなたは小さなため息をついて、うんざりとした様子だった。うんざりなのはこちらのほうだというのに。

味方だと思っていたあなたも、長瀬さんにたくさん告げ口をして、お父さんと私の生活に立ち入ってくるようになった。長瀬さんは素晴らしいケアマネさんで、明るくて、楽しくて、優しい方だと言う。賢いと思っていたあなたでさえこのていたらく。長瀬さんの口車に乗ってしまったのは、経験の浅さ故のことなのかもしれない。そうだとしたら、責める気はない。

でも長瀬さんには、大切なお知らせがあります。お父さんのことを世界でいちばん理解しているのは、私なのです。だから長瀬さんに出る幕はないのです。金輪際。一切。わかりますよね？

あなたに一度聞いてみたことがある。なんなの、毎日代わる代わる家にやってくる例の女たちは？　そしたらあなたは、「お母さん、あの人たちは、お父さんとお母さんの生活を支援してくださっている女性たちなんです。介護のプロなんですよ」って言ったのだけど、こちらは家事のプロですから。

私は主婦を、もう六十年も立派に務めてきたのです。

誰もが、お母さんは完璧と言ってくれた。それはあなただって知っているでしょう？　そして今、あなた、「介護」って言いました？

「お母さんが完璧なのは、私も知っていますよ。でも、お母さんも、もう八十歳。そろそろ楽をしたっていいじゃないですか。後期高齢者なんですよ、お母さん。お手伝いしてくれるって方がいるんだから、ありがたくそうしてもらったらいいじゃないですか」と、あなたは私の目をじっと見て、私を落ちつかせるように諭してくる。

そう言われると、そうかもしれないと思う。私ももう八十歳、そろそろゆっくり暮らすのもいいかもしれない。でも、体は動くし、頭もはっきりしている。ときどきもの忘れをするけれど、それも少しだけのことだ。
あなたが気を利かせて、お手伝いさんを雇ってくれたということであれば、話は別だ。そうだったら大歓迎。あなたはぶっきらぼうなところもあるけれど、優しい子だから、もしかしたらそういうことなのかもしれない。なにせ私の自慢の息子の嫁ですから。あなたは母親の愛情を知らない子。寂しい子。だから私が娘のように大事に育ててきた。立派なレディに育ててあげた。

あの人たちが掃除や料理をしてくれるのは、大切な家族からのプレゼントだったことに私は気がついた。買い物だって行ってくださる。だからそれに甘えていい。
そうですよお母さん、甘えてくれていいんですよと、あなたは繰り返した。そうですか、わかりました、最初からそう言ってくれればいいじゃない。お手伝いさんだったら、ありがたいことです。

でも、あの長瀬さんという女性？　鮮やかな緑色のシャツにジーンズを穿いて、すごくスタイルがよくて、笑顔が素敵なあの人。ケアマネと呼ばれているらしい。あの人が来るたびに、お父さんのデイとかステイが増えたり、家に来る人が増えたりする。デイが増えれば、私もお父さんに付き添って行かねばならない。デイでは、誰もが私を心配そうに見る。大きな声で、まるで幼稚園児にでも話しかけるように、ゆっくりと話す。私は付き添いですよ？　まったく馬鹿にしている。哀れな生きものでも見るような目で私を見るのが、腹立たしくてたまらない。私を誰だと思っているのか。朝っぱらから童謡を歌って喜ぶようなばあさんに見えるのだろうか？　手遊びだって？　馬鹿にするな。

週に二回通っているデイが、悪い場所だとは思っていない。デイとは、例の長瀬さんが紹介してくれた、老人のためのジムだ。後期高齢者といえども、体を動かすのは大切なのだとあなたは力説した。

「お母さんは大勢で歌ったり、ゲームをしたりするのが苦手だということだったから、長瀬さんにエクササイズができるところがないか探していただいたんですよ。『デイサービスココロにじゅうまる』さん、スポーツジムみたいで最高でしょ？　職員さんだってみんな優しいじゃないですか！　まさに『にじゅうまる』ですよ、アハハ‼」

そりゃ確かに、私だって楽しく行っていますよ。いくつになってもきれいでいたいから。とはいえ、私はお父さんの付き添いで行っているつもりです。だって私は健康ですから。年ばかりとりましたが、病気ひとつしたことがありません。確かに最近もの忘れは酷くなりましたけれど、主治医の先生は年齢相応だと言ってくれています。

お父さんが軽い認知症なのは、悲しいことです。

去年の夏のとても暑い日に、脳梗塞で倒れました。そして長い間、遠くの病院に入院しました。その後遺症で、少し……。

でもね、最近はずいぶん元気になってくれたでしょう？　息子もあなたも、これからは週に二回、デイという場所で運動をして、健康に暮らしましょうって、言ってくれたじゃないですか。

家にばかりいたらよくありません。寝てばかりではいけません。弱ってしまった体を鍛えてくれるデイは、素晴らしい場所なんです。お父さんとお母さんを元気にしてくれるんです。

ケアマネの長瀬さんまでそう言った。何度も、何度も。

ええ、わかりました。わかりましたってば。

そんなに何度も言わないで。責められているようでつらくなってしまう。

月曜日と木曜日。若い男性職員さんが素敵です。孫ぐらいの年齢かしら、びっくりするほど大柄の人。それで思わず、「あなた、体が大きいですねぇ」と聞いてしまったことがある。そしたら彼が、「ええ、僕、体育大学を卒業しています」なんて笑いながら言う。とても優しい人で、本物の孫みたい。

デイの終わりに私を大きな車で家まで送り届けてくれたけれど、なぜ私の家を知っていたのだろう。住所を知られているのだろうか。まさかとは思うけれど、気をつけなくちゃならない。こんなばあさん、誰も気に留めないことはわかっているけれど、怖い世の中ですから、用心するに越したことはない。

体育大学さんのことは好きだけれど、デイの職員には嫌いな人もいる。山中さんだ。この前、お父さんの背中にぴったりと手を添えて、仲睦まじく一緒に歩いていた。まるで私に見せびらかすように。お父さんとの仲を誇るように。
確かに若くて、きれいな人だ。デイの職員さんのなかではとびきりの美人だ。

なんて恥ずかしいことだろう。

いい年をして、うれしそうに微笑むお父さんを見るたびに、頭に血が上る。自分ではどうすることもできないほど腹が立つ。顔が真っ赤になってしまうほど恥ずかしい。情けない。緩みきったお父さんの顔を、思い切り叩いてやりたい。

悪いのはお父さんだけじゃない。山中さんだって、どうかしていると私は思う。男の体に気安く触れるなんて、破廉恥だ。よくできたものだと思う。大勢の人に見られているじゃないの。みんな、笑っていましたよ。あの爺さん、好き者だな、すけべじじいだって声が聞こえてきました。

だから私はもう、お父さんをデイに行かせることはないと思う。誰がなんと言おうとも、息子が、あなたが、デイにはちゃんと通わなくちゃだめですよと言おうとも、お父さんはデイには行かずに、ずっと家にいるべきだ。だって、あそこには悪い女がいるのだから。悪い女がこの家を、私たちが苦労して建てた家を、乗っ取ろうとしているのだから。それでもお父さんは、運動は大切だからデイは辞めないと言って譲らない。

そう、あの人だ。

すべて長瀬さんが悪い。

長瀬さんさえ来なければ、彼女さえ黙っていてくれればそれでいい。だから彼女がインタフォンを押してきたら、思い切り嫌な声を出して応えている。家のなかに入ってきたら、普通に話すふりをして、心のなかで、あっかんべーと思っている。

私を老人だと思って馬鹿にしたらいけないですよ。私は頭が切れる、賢い女ですから。あなたとは経験が違います。まだまだ負けません。

初めて彼女をわが家に連れてきたのは、私の記憶が間違いでなければ、あなただった。あなたのことは、今までずっと信じていた。あの子だけは私を裏切らないと思っていた。なにせ、私が育ててあげたのですもの。野良犬みたいな子を、まともな女性にしたのは、この私。

それでも、今までの経緯を冷静に考えてみれば、あなたもあちら側の人間なのは間違いない。息子がそんな怖ろしい人と結婚するとは夢にも思わなかったけれど、その事実は、彼にはまだ伝えていない。

あなたは長瀬さんと結託して、この家を乗っ取ろうとしている。

ねえあなた。すべてあなたの差し金でしょう?　誤魔化したって無駄ですよ。私にはすべてわかるのです。

第二章

パパゴンは悪人

——師走

実はあなたに言い忘れていたことがあります。お父さんのことです。今、家にいるお父さんは、本物のお父さんではなく、病院に入院しているお父さんが私にプレゼントしてくれたロボットなのです。名前は「パパゴン」といいます。

可愛いでしょ？

入院が長くなったお父さんが私を心配して、寂しくなったら、わしの代わりのロボットと話をすればいいと宅配便で届けてくれました。すっかりこのことを忘れ、お父さんは冷たくなったと思っていましたが、なにせ相手はロボットだから、仕方がないことですよね。こんな理由で、毎日喧嘩が絶えないのです。

あなたは心配してくれましたが、大丈夫。あれ、ロボットですから。何をやってもべつに問題じゃないんですよ。驚きました？　ごめんなさい、今まで黙っていて……。

＊＊＊

パパゴンは私と口をきこうとしない。いつも不機嫌な顔をして、寝てばかりいる。デイのある日は朝から忙しそうにしているが、そんな気まぐれなパパゴンを見ると私は腹が立ち、自分はデイを休むようになっていた。

デイのお迎えの職員さんは、私が何度も断っているのに、「お母さんも行きましょうよ。楽しいですから！　みんなでお母さんが来るのを待っているんですよ」と見え透いた嘘を言う。騙されるとでも思っているのですか？

誰が私を待っているものか。

私が行くと、職員の女性たちは一斉に陰口を叩きはじめ、私をじろじろと見て、無視するくせに。パパゴンにばかりベタベタくっついて、私はほったらかしにするくせに。

どれだけ誘われても、丁寧に「ごめんなさいね、私、仕事が忙しくて」と断るようになったのはそれが理由でもあるのだ。

仕事が忙しいというのは、あながち嘘ではない。私には毎日やることが多くある。私は三十年ほど、この地で華道を教えている。ここしばらくは、コロナのせいで教室をお休みしているが、いつ生徒さんたちが戻って来てもいいように、和室はいつもきれいに整えておかなくてはならない。それに、もう何十年も記し続けている家計簿だって、慣れているとはいえ大変な作業なのだ。

若い頃、銀行に勤めていた私は、誰よりも計算が得意だった。だからわが家のお金の管理は私が一手に引き受けていた。もう五十年にもなるだろうか。

それなのにこの頃、どうしても収支が合わない。それだけではなく、わが家のお金や印鑑といった大切なものが、次から次へとなくなってしまう。誰にも言ったことはないけれど、息子とあなたがやってくると、お金が消えるような気もする。

一人で静かに作業をしていると、パパゴンの行き先が気になって仕方がなくなる。

偽者とはいえ、一応は私の夫だ。そろばんを弾く指が止まりがちになる。浮気性のパパゴンが、デイで知り合った女の人と飲みに行っていることぐらいわかっているのだ。約束の時間を過ぎても、なかなか家に戻らないのがその証拠だ。

これは嫉妬ではない。お父さんの威厳にかかわる問題だから、心配しているのだ。見た目がお父さんにそっくりなロボットが、若い女性と飲み歩いているなんて、恥ずかしいことじゃないか。私にとっては侮辱でしかない。こんな田舎じゃ、すぐに噂になってしまう。本当にいやらしい。息子とあなたにも迷惑がかかるし、孫が気の毒だ。

私は我慢ができないほど苛立ち、デイの事務所に電話をかけた。

「うちの主人、そちらにお邪魔してます?」

「はい、お父さんでしたら、先ほど職員とこちらを出発しました。そろそろお家に戻られるはずですが……」

見え透いた嘘をつかれて、私は憤慨した。

私にはわかっている。パパゴンは今、デイの女性職員と駅前の居酒屋にいる。二人でお酒を飲んでいるはずだ。とても楽しそうに飲む様子が私には見える。はっきりと見えるのだから、それが真実だ。

なんて恥ずかしいことだろう。この家に何人も女の人が来るようになってから、本当にろくなことがない。


テレビ番組で紹介されていた、もの忘れを予防するというサプリメントが、瓶ごとなくなってしまったのは先週のことだ。

その日は朝から、長瀬さんとあなたが手配してくれたお手伝いさんが来ていた。トイレや風呂場をとてもきれいにしてくれたのはいいけれど、彼女が帰ったあと、気づいたらサプリメントがなくなっていた。いくら探しても出てこない。私はあの人が持っていったことを確信した。

その様子がはっきりと見えた。そうパパゴンに言うと、パパゴンは怖い顔をして、

「そんなことを言うもんやないやない」と私を諫《いさ》めた。

「そんなこと言うもんやないと言うたって、盗られてしまったものは仕方がないじゃないですか。あの人も、飲んでみたいと思ったのかもしれへんし」と私が返すと、パパゴンは憮然とした表情をして、もうやめろとだけ言って、カタツムリのように寝室に引っ込んでしまった。偽者のくせに偉そうな態度だ。

私はすぐにあなたに電話をした。

「サプリメントやけど、あなた、知らない？　テーブルの上に置いてあった瓶があったでしょ？」とそれとなく聞いてみた。もしあなたが持っていったのだったら、それを正直に言うのであれば、許そうと思ったのだ。

「サプリメントですか？　ああ、あの魚だか、サメがどうとかいうサプリですか。私は知らないです。お母さん、サプリメントより、病院で処方されたお薬を飲んでくださいね。お薬のほうが大事なんですよ。サプリなんて、たいして効きませんって」と、あなたは早口で言った。効かないとわかっていても、飲みたいんだからほっといてください。こういうのは、気持ちの問題なんですよと私はつぶやいた。

「とにかくお母さん、私はサプリメントがどこにあるのか知りません。それに、ヘルパーさんはサプリメントを勝手に持っていくなんてことはしません。あの方たちは介護のプロですから」とあなたは言った。

はいはい、わかりました、**私が全部悪い**のです。

私はそう心のなかで考えて、そそくさと電話を切った。

最近、どうも家のなかの様子がおかしい。

散歩をして家に戻ると、テレビの位置が変わっていることがたびたびある。テーブルの上に置いてあったリモコンが、戸棚の上に移動していることもある。私は、それが怖くてたまらない。誰かが私のいない間に家に入ってきているのではと思うと、いてもたってもいられなくなって、ついつい、あなたに電話をしてしまう。

あなたはすぐさま電話に出てくれ、私の話をふんふんと聞くと、「あ〜、それはお母さん、勘違いじゃないかな〜」と、のんきな声で言う。

「私もときどき、財布がなくなったり、鍵がなくなったり、スマホが見つからなかったりするんですよねぇ。私の年齢でもそうなんだから、お母さんがそうでも不思議はないですよね。人間は忘れる生きものですから。そんな些細なことを気にしたら負けです。なにせお母さんは、とても元気だけど、八十歳の後期高齢者です。なにごとも気にせず、ですよ」

そうだった。驚いた。

私は八十歳だそうだ。

よくよく考えてみれば、私は立派な老人なのだ。若い頃と同じようにすべて完璧にできなくても、誰も文句を言うわけがない……パパゴンを除いては。

パパゴンは、私が何か口にするたびに、「そんなことを言うもんやない」と叱る。家の前を歩いている人に、「こんな山奥に家を建ててしまって、車がなければ身動きも取れないんですよ。後悔しています」と嘆いたら、「知らない人にそんな話をしてどうする」と怒る。私が中学生時代に器械体操を習っていたことを、スーパーの生鮮食品売り場で出会った人に話して、何が悪いというのか。私が古い友達に電話をして、暑い夏の日にお父さんが脳梗塞で倒れたこと、リハビリのために入院したこと、だから、しばらく一緒に出かけることはできないと伝えることの、何が悪いというのか。

パパゴンは、何度も何度も電話をしたら迷惑だと言うけれど、私はたった一度しか電話はしていないはずだ。

私が何度も同じことを言うだとか、何度も同じ失敗をするだとか、まるで私が認知症患者のように周りは言う。まるで責められているようだ。だから、何をするにも自信がない。何をやっても不安になる。それが怖くて仕方がない。

知っている道を歩いているはずなのに、どこにいるのかわからなくなって、曲がりたくもない角を曲がってしまう。すると、あっという間にどこにいるのかわからなくなる。空を見上げても目印なんてない。玄関から見える、いつもの空がどこにあるのかわからない。どの世界にも属せない私は、まるで幽霊だ。

私がスーパーのレジでお金を払うときに、少しだけ時間がかかってしまうことをパパゴンはとても気にして、買い物には一緒に行きたくないとまで言うのだ。一万円を出して、やっぱり千円にしようと迷うと、パパゴンに叱られる。仕方なく一万円を出すけれど、やっぱり使いたいのは千円札だ。

レジの人に「さっきの一万円を返してください」と強く言うと、怪訝な顔をされる。一万円を戻してもらって、千円札を渡すと、困った顔をされる。でも、一万円札も千円札も、お金には変わりない。なにが問題なのか、私にはわからない。パパゴンの苛立ちもわからない。

ロボットに偉そうにされて、悔しくてたまらない。

私になんの不満があるのかわからないけれど、パパゴンは私が何かするたびに、違う、違うと真っ向から否定する。息子もあなたも、そんなパパゴンに対して、「仕方がないやろ」とか、「誰も悪くないんだから」と声をかけている。声をかけられればかけられるほど、パパゴンはわざとらしく悲しい顔をする。私はつらい気持ちになる。すべて私が悪いのかと落ち込んでしまう。でも、私はあなたたちに理解して欲しい。気づいて欲しい。

その人は本物のお父さんではなく、ロボットのパパゴンなのだと。

パパゴンは、偽者のくせに、毎日私よりも先に風呂に入る。私が準備した風呂に、当然のようにして先に入る。長い間お湯に浸かり、なかなか出てこない。

私は何度も風呂を覗きに行かねばならない。寒い日には気をつけてあげてくださいね、血圧が急に上がったり下がったりすると危ないですから、脱衣所を暖めてあげてくださいねとあなたが言うから、気になって仕方がないのだ。偽者のパパゴンだろうと、この家で命を落とされたらたまらない。でもロボットが倒れたりするだろうか？　パパゴンは、私に覗かれると嫌な顔をする。そんな態度に腹が立ってくる。本物のお父さんだったら絶対にしないことばかり、偽者は平気でするのだ。

私のこの悔しい気持ちを誰かに知ってもらいたい。だから、今度は息子に電話をしてみた。

「もしもし、私ですけど、息子はいますか？」と、電話に出たあなたに聞いた。すると、すぐに息子に代わってくれた。

「今、お父さんに似た人がお風呂に入っているんやけれど、お父さんやないように思う」と私がそれとなく言うと、息子は「え？」と言って、驚いた様子だった。

「親父やないってどういうことや？　かあさん、何を言うてるんや？」

「だから、今、お風呂に入っている人は、お父さんやないかもしれへんってことを、あんたに伝えようと思って。知っておいて欲しいんよ」

息子はしばらく黙っていたけれど、静かな声でこう言った。

「それやったらかあさん、今からもういっぺん風呂に行って、そのパパゴンとかいう偽者の顔を見てきたらええやん。左の目の上に傷があったら、それは間違いなく親父やから」

私は受話器を置いて、急いで風呂場に戻り、気づかれないようにドアを細く開けて、なかにいるパパゴンの左目の辺りを見た。

確かに傷がある。

なんて完璧なロボットだろう。敵ながらあっぱれとは、こういうときに使う言葉なのだろう。息子やあなたを心配させたくなくて、私は急いで電話まで戻り、受話器を手に取った。

「ごめんごめん、お父さんやったわ。お父さんに間違いないわ」と、努めて明るく言った。息子は、安心した様子で電話を切った。

パパゴンはいつの間にか、私が用意した下着とパジャマを身につけて、リビングでテレビを見ていた。お父さんがいない間だけのことだと我慢していたものの、偽者のくせに偉そうな態度をしているパパゴンに腹が立って、私はこう言ってやった。

「あんた、いつからこの家に住んでるつもりや？」

パパゴンは「え？」と私に聞き返した。お父さんとそっくりのパパゴンは、お父さんと一緒で耳まで遠い。

「だから、あんたはいつからここに住んでいるつもりなんやって聞いてるんよ」と私は、もう一度、冷淡に言ってやった。するとパパゴンは、「いつからって、三十年前からや。この家を建てたときに、ここに越して来て、それからずっとここにいるやないか」と、憮然として答えた。

私はパパゴンを睨みつつ、真実を突きつけてやった。

「何を言うてんの。あんた、最近ここに来た人やないの？　三十年もいるわけがあらへんやない。せやろ？」

図星ですよね、偽者さん。

するとパパゴンは悲しい目をして、「もうえぇわ」と言った。

何がもういいですか。よかないですよ、逃げるんですか？　と私が聞くと、パパゴンは何も言わなかった。静かに寝室に入って、それからしばらく出てはこなかった。

私は寝室のドアに向かって「今日はもう遅いからここに泊まりますけど、明日の朝に私は出て行くんやからね！」と怒鳴ってやった。パパゴンは応えなかった。

私もそれ以上喧嘩をしたくなかったから、自室に戻って、家計簿の続きをした。どれだけきちんと計算しても、数が合わない。何かが間違っているに違いないと思って財布を開いてみたら、なんと中身が空っぽになっていた。

頭に血が上るのがわかった。また盗られた！　あのお手伝いさんに違いない。女の人が頻繁に出入りするようになってから、こんなことばかり起きる。お父さんの偽者に訴えてもどうにもならないことはわかっていたけれど、それでもどうしても気が収まらず、寝室に急いで向かい、ベッドに横になっているパパゴンに訴えた。

「お財布のお金がなくなっているんですよ。あの女の人が盗ったんやないかな」

するとパパゴンは、大きくため息をつき、「もうやめてくれ」と言った。そして「もうたくさんや。もう何も言わんといてくれ」と真剣な表情で言い、私に背を向けた。

パパゴンを怒らせるようなことをした覚えはない。私はただ、家のなかに泥棒が入ってきているという事実を伝えただけだ。我々夫婦にとって、これはとても大事なこと。どうせ偽者だから、何をしてくれるわけでもないのだけれど。

「それとも、あの子やろか……」と、私が小さな声で付け足すと、パパゴンは突然怒りだし、「いいかげんにしろ」と大きな声を出した。

「それだけは、絶対に言うたらあかん。そんなこと、二度と言うもんやない。ええか。いくら病気だとはいえ、それだけは」

そうパパゴンは烈火のごとく怒って言うと、布団をかぶって寝てしまった。私は余計に腹が立った。ロボットのくせに、一人前に私に怒るんじゃないよ。

偽者のパパゴンでさえ、あなたをかばう。なぜなの？

もちろんあなたが悪人とまでは言わない。でも、この家にときどき入ってきては、なにかしていることぐらい私にはわかっている。なぜかというと、リモコンが動いているからだ。

　誰か家のなかに入って来たらすぐにわかるように、テレビのリモコンはテーブルの上、エアコンのリモコンは戸棚の上に置くと私は決めている。つまり、罠だ。私が予想した通り、私が家を出るたびにリモコンは動く。

　私のいないときを狙って来ているのは、あなたに違いないと思っている。それでも警察に届けようとは思わない。なにせ、大事な息子のお嫁さんなのだ。それにあなたとはもう、長いつきあいになる。最初は衝突もしたけれど、今はあなたのことがとても好き。本当の娘だと思っている。だからこそ、私が我慢をすればいいのだろう。でも……。

　釈然としない気持ちのまま、私も布団に入って目を閉じた。しばらくすると、また不思議な夢を見た。デイの職員の山中さんが、パパゴンの背中に手を添えて、歩いている。パパゴンは笑顔を見せて、楽しそうだ。山中さんは、パパゴンの体をべたべたと触り、猫なで声で話しかけ、パパゴンはうれしそうに鼻の下を伸ばしている。

この夢を見るのは初めてではない。実は、この一週間ほど、毎晩同じ夢を見続けている。

そう、なにもかもすべて、このロボットが悪いのだ。

泥棒に家のなかに入られるのも、私が悲しい気持ちになるのも、すべて。

私は両目を開き、ゆっくりと起き上がった。ベッド横の小さなテーブルに置いてあったテレビのリモコンを右手に取ると、立ち上がり、パパゴンが眠るベッドの真横に立った。そして、右手に持ったリモコンを高く持ち上げ、パパゴンの額めがけて一気に振り下ろした。

振り下ろした瞬間、パパゴンは本物のお父さんに変わっていた。

第三章 白衣の女は悪人――新春

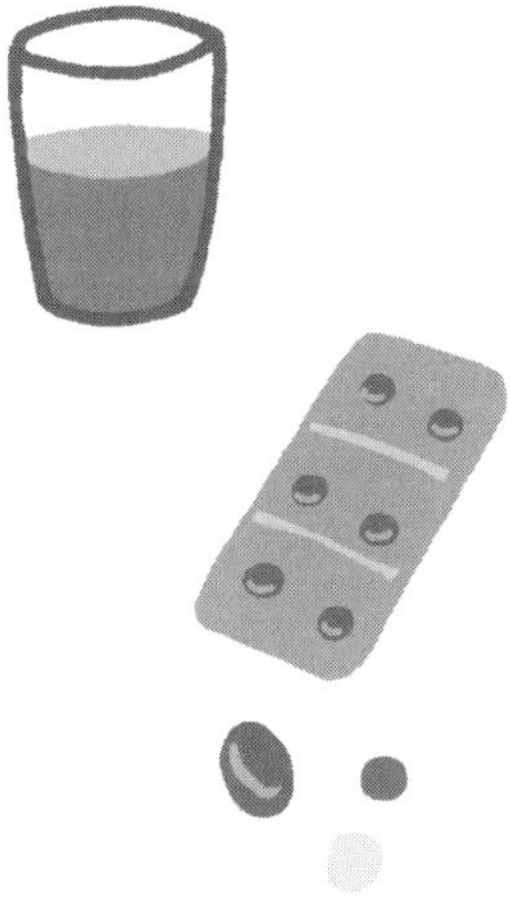

この人は、怖い人だと思います。私のことをいろいろと知っているからです。

「最近、どうですか？　お体の調子は？　何か困ったことはありませんか？」

私は、困っていることなどひとつとしてありませんと即答した。自分では、堂々とはっきり言ってやったつもりなのに、なぜだか声が震えてしまった。悔しい。こんな小娘に言い負かされるなんて。若い頃の私だったら、絶対に負けはしなかった。それに、この人は優しそうな顔をして、とても怪しい人だ。

小柄で、若い。黒縁の眼鏡をかけている。年齢は三十代だろうか。

いかにも頭がよさそうで、はきはきと言葉を口にする。ときどき、遠慮ない物言いをするのが気に食わないけれど、デイの人とは違って私を幼稚園児扱いしない。白衣を着て、胸ポケットに何本もペンを入れて、私に根掘り葉掘り、いろいろなことを聞いてくる。それをすべて、机の上の白い紙に細かく書き込んでいる。

「お正月はどうでした？」

白衣の人は突然私に聞いた。

「初詣に行きました」

「へえ、初詣ですか！　どこの神社に行かれたんですか？」

突然そう聞かれ、私は考え込んでしまった。

お正月には、確かに神社に行った。誰かが私を連れて行ってくれた。あれはどこの神社で、誰と行ったのだろう。

思い出そうとすればするほど、故郷の風景ばかりが頭に浮かんでくる。

「家の近所の神社にお参りに行きました。和歌山県です」

「あら、そうなんですか。和歌山県まで行かれたんですね。それは遠いところまで、大変でしたね。なんていう神社です？」

「名前は忘れました」

「あら、そうですか」


腹が立つ。

ずいぶんプライベートな質問をする人だ。神社の場所を教えたら、私の家がどこなのかわかってしまうじゃないか。その手には乗らないですから。


「お薬はちゃんと飲めていますか？」

「お薬とは？」

「毎月、処方している飲み薬と貼り薬ですよ」

またひっかけ問題だ。私は薬など処方されていない。正確に言うと、この病院では処方されていない。私が処方を受けているのは、家の近所にある整形外科の薬だけだ。院長先生とはもう三十年のおつきあいになる。腰が痛いから、毎月鎮痛剤をいただいている。それからシップも少しだけ。

お薬はそれだけだ。私は一度も病気をしたことがない。とても健康な八十歳だ。百から七ずつ数を引く練習は毎日やっている。

百、九十三、八十六、七十九、七十二、それから六十五、五十八、五十一……。

「お薬なんて処方されたことはありません」

途中まで数えて我に返り、私はきっぱりと白衣の人に告げた。私は今年八十歳ですが、一度も大病はしたことがないのです。これは本当です。お父さんに聞いてもらえばすべてわかります。

すると白衣の人は、ちらりとあなたを見た。あなたは表情を変えなかった。しばらくすると、私のほうを見て、頷きながらにこっと笑った。

「今週はどんなことをされました？」

白衣の人が次の質問をしてきた。

「今週ですか？　今週はお花の教室に行きました。華道を習っております。子どもの頃からですから、もう何十年も習っているんです」

はっきりと答えているつもりなのに、どんどん声が小さくなってしまう。

「お花の教室？　通っていらっしゃるのですか？　お母さんが先生をしていらっしゃ

ったのでは？」

この人は何を言っているのだろう。私は子どもの頃から華道を習い続けている。近所に先生がいらっしゃる。

でも……。

白衣の人が言う通り、私がお花の先生だったような気もする。そう、私はお花の先生だった。先生は、この私だ。もう三十年もこの地で華道を教えている。

「そうです、私が、教えております。私が、教室を持っているんです」

「そうですよね。教室に通われているのかと思いました」

この人は、私に何を言わせたいのか。火曜日にはお稽古がある。いや、木曜日だったかな。先週もお稽古はしっかりとやりました。やったと思います。生徒さんが何人も来てくださいました。みなさんいい人たちで、楽しいお稽古です。

でも、最近、生徒さんたちにお会いしていないような気もします。もう一年ほど、もしかしたらお顔を拝見していないかもしれません。確か、コロナが原因です。コロナはこんなところにも影響しているのです。

「早く世の中が落ちついてくれるといいですね」と私は言って、にっこりと笑って見せてやった。何を疑っているのかわからないが、その手には乗らない。

「本当に。早くコロナが終わって欲しいですよね」と、白衣の人は明るく答え、そしてけらけらと笑った。

笑顔が幼くて、可愛らしかった。

もしかしたら悪い人ではないかもしれない。

そういえばあなたも、「とても優しくて、素敵な方じゃないですか」と言っていた。

息子も、「ちゃんと、薬を飲まなあかんで」と何度も言った。

でも、この白衣の人は、私にわざと聞こえるように「お父さんって素敵ですね。私も大好き」と、あなたに言うような人物でもあるのだ。最後の大好きは余分じゃないだろうか。

ふと気がつくと、白衣の人が席を外していた。私は慌てて横に座っていたあなたに聞いてみた。

「ねえ、私、今、何かおかしなこと言うた?」

「いいえ、何もおかしなことは言ってないですよ」とあなたは笑顔で答えてくれた。

そして、何ごともなかったかのように前を向いた。あなたの見慣れた顔の向こうに、白衣の人が何かを書き込んでいた紙が見える。じっと見つめていると、少しだけ不安になってくる。あなたにはもっと聞きたいことがあったけれど、私は我慢した。どこかにマイクが隠してあるかもしれないからだ。

それにしても、本当によかった。何もおかしなことは言っていなかったらしい。

白衣の人が、若い女性を連れて戻ってきた。紫のシャツとズボン姿の若い女性は、私に明るく笑いかけると、「血圧を測りましょうね」と言った。ああ、看護師さんだったのですね。私は素直に血圧を測ってもらった。上、一三五。下、九三。ほらね、健康でしょう？

「あのね、お母さん。私は隠しごとが嫌いな人間なんです。だから今から、お母さんには本当のことを、正直に言いますね。最近、お母さんの様子が変わってしまったと、家族のみなさんが心配しておられます。いろいろなことを忘れたり、家族のことがわからなくなったり、お父さんに対して腹を立てたりしたみたいですね。覚えていらっしゃいますか？」と白衣の人が聞いてきた。

は？　それは私の話ですか？　それともお父さんのこと？

確かに、お父さんは脳梗塞で倒れて三ヶ月も入院しましたけれど、べつにぼけたわけじゃないんです。お父さんは、とてもしっかりしています。体だってずいぶんよくなりました。デイというところに通って、週に二回、運動しています。認知症は軽いらしいですよ。私はお父さんの付き添いで通っています。お父さんはちょっと怖い顔をした人ですけど、気が小さいところがありましてね。人見知りもあるから、私が一緒に行ってあげているんですよ。まるで子どもみたいでしょ？　いつまでも手がかかる人です。様子がおかしいのは、お父さんのほうです。

デイには、お父さんに対して馴れ馴れしい女性がいますから、確かに少しだけ心配したことはありました。お父さんの背中に手を添えるのを何度も見たことがあります。それには少しだけ腹が立ちました。

嫉妬じゃありません。だってみっともないでしょう？　だから、少しは怒ったかもしれません。でも、私はとても元気です。八十歳になりました。この通り、ぴんぴんしておりますから。

家族のことがわからなくなった？　そんなことあるわけないじゃないですか。私にとって家族は何よりも大切な存在。私の隣に座るこの子だって、私の大事な娘です。こうやって、私と常に行動を共にしてくれているのです。私が家族のことを忘れるなんて、あるはずもない。

「そうですね、お母さんはとてもしっかりされています。でもね、お母さん。これから先も、お父さんと一緒に、末永く幸せにお家で暮らすことができるように、今回は少しだけ入院していただいて、お薬をきっちり飲んで、体調を整えたらどうかなって思うんです。これはお二人のこれからの生活のためなんです。これから先も、今までと同じように、元気で楽しく暮らすことができるように、そのための入院です。お家に帰れなくなるなんてことはありませんから」

入院？　私がどこに入院するというのだろう。悪いところなんてひとつもない。こんなに元気なのに？

「お父さんと離れるのなら、私は死んだほうがましです」

気づいたら、涙がぼろぼろと頬を伝って流れていた。

なぜこんなにも悲しいのだろう。なぜこんなにも、私は傷ついているのだろう。なぜここまで、この人に傷つけられているのだろう。

とめどなく流れる涙を、拭うこともできない。

「お父さんと別れるぐらいやったら、私は故郷に帰ります。故郷には、両親がまだ生きております。兄も、姉もおります。とても優しい人たちですから、私がこの年になって出戻ったって、よくしてくれるでしょう。入院するぐらいやったら、ここを離れます。故郷に戻ります」

顔が熱くなった。耳鳴りがする。両手が小刻みに震えてしまう。

そんな私を心配したあなたが、ハンカチを手渡してくれた。

白衣の人はしばらく私の顔を見つめながら、なにか考えているようだった。そして、白い紙にミミズのような文字を書き込み、もう一度私を見て、「わかりましたよ、お母さん。それじゃあ、お薬を出しておきますから、必ず飲んでくださいね。また来月、私に会いに来てください。楽しみに待っていますからね」と言った。

誰が戻ってくるもんか。

こんな場所には一秒でも長くいたくはないと、丸い椅子から勢いよく立って、出口に急いだ。

あほか。舐めたらいかんぜよ！

白衣の人は、私と一緒に帰ろうとしていたあなたに「お嫁さんは残ってください」と声をかけた。あなたを人質に取られるのは心配だけど、とにかく私は逃げるようにして診察室を出た。入院なんてさせられたら、たまったものではないからだ。

待合室の長椅子に、すっかりくたびれたお爺さんと中年男性が座っていた。ドアから急いで出た私を見ると、手を振った。こっちだと手招きしている。よく見てみると、二人とも知っている顔だ。私を待っていてくれたらしい。近づいて、もう一度、二人の顔をしっかりと見た。お父さんと、息子だった。

パパゴンは、あの夜、突然お父さんに変身して、そして姿を消した。パパゴンが消えてお父さんがようやく戻って来たというのに、本物のお父さんまでとても不機嫌で、そのうえ、最近ではよく塞ぎ込むようになり、寝室からリビングに出てくることがめっきり減った。あなたが言うには、お父さんは心が疲れてしまったのだという。

「かあさん、どうやった?」と息子が聞いた。

「まったく馬鹿にしてるわ」と、私は勢いよく答えた。怒りで自分の顔が少しずつ赤くなってくるのがわかった。

「まるで私が認知症患者みたいに言うんやから。いろいろと忘れるやとか、家族のことがわからなくなるやとか。確かに八十のばあさんですけど、頭だけはしっかりしてるのに。計算だって得意やし、中学生のときも、学年で一番やったんですよ。担任の先生が、お前は優秀な子やから、必ず大学まで行くんやでって、何度も言うてくれはったんです。でも、あの頑固親父が、女が勉強してどうするつもりや、さっさと嫁に行けって言うたんですよ。忘れもしません、そう言うたんです。だから、大学に行きたかったのに、行かれへんかった。それぐらい、私は賢いんですよ。なんで私がこんなところに連れてこられるのか意味がわからへん。あの白衣の人、ほんまに失礼やね」

息子は、そうかと言ったまま、足元を見つめて何も言わなくなった。お父さんは、「それでどうや。ようなったんか、それとも悪くなったんか?」と私に聞いた。

「ようなったも悪くなったも、私には悪いところなんてひとつもあらへんのに。なんでこんなところに来ないとあかんのですか。今日だって……お父さんの付き添いなのに」

お父さんは、息子に何やらコソコソと言いつけていた。自分のおでこの辺りを指さして、深刻な顔をしていた。息子が、どれどれと、お父さんの指さす場所を見て、「ここやな」と小さな声で言っていた。お父さんは泣きそうな表情で、「もう疲れた」と息子に訴えていた。

お父さんの額は赤く腫れ上がって、少し血が滲んでいた。いつ、どこかでぶつけたのだろうか。

疲れた、疲れた。お父さんは毎日そればかり言う。そりゃあ、疲れたって不思議ではない。お父さんは認知症で、そして脳梗塞の後遺症で左半身が少しだけ不自由になってしまった。昔とは何から何まで変わってしまったのだ。だから息子とあなたが、こうやって月に一度、遠くの病院まで連れてきてくれる。私はお父さんの付き添いだ。

息子と話すお父さんは、とても不格好なマスクをしていた。お父さんのマスクはいつもずれている。いつも斜めになっている。マスクぐらいきちんとすればいいのに、モタモタとした動きしかできないお父さんは、マスクの位置さえ直すことができない。こんなまぬけなところが昔とは違う。ズボンのチャックが降りていることだってある。社会の窓が開いていますよと、何度言えばわかるのかしら。

年をとったなあと思う。これだから認知症は嫌だとも思う。昔のお父さんは、もっと私に優しかった。もっともっとハンサムだった。今のように、私の顔を見て、悲しそうにしたり、怒ったりしなかった。紳士だった。認知症はすべてを変えてしまうのだろうか。

息子が「かあさん、親父を叩いたこと、覚えてるか？」と聞いてきた。息子の横に座っていたお父さんは、憮然とした表情をしていた。

私は心底驚いてしまった。お父さんがそんな大嘘をついてまで、私を陥れようとしているなんて。私を家から追い出そうとしているなんて。そこまで、私を拒絶するなんて。

「まさか、そんなことするわけないやないの！」

私は、自分でもびっくりするような大声で言い、いつの間にかお父さんの目の前に立って、赤く血の滲んだお父さんの額を指さしていた。

「嘘つき！　そんなことするわけがない！　絶対に嘘！　嘘つき！　お父さんは二重人格！　信じられへん！」

息子は周りを見回して、しーっと言った。待合室にいた人たちが、みんな私を見ていた。お父さんはもう、私を見てはいなかった。

お父さんが信じられないような嘘をついたことで、私は大きなショックを受けた。この私がお父さんを叩くなんて、そんなことあるわけがない。確かに、そんな夢を見たことは何度もある。でも、しょせん夢だ。

認知症になると、こんな大嘘をつくような人間になってしまうのか。お父さんが、こんな情けない男になってしまうなんて、私は今まで何のために苦労を重ねてきたのか。

長年勤めた仕事を引退してからも、大事な会合に出たり、会議に出たりと大忙しだったお父さんのことを、立派な人だと心から思っていた。それなのに、去年の夏の暑い日、突然キッチンで倒れたあの日に、すべてが変わってしまった。

救急車で病院に運ばれたお父さんは脳梗塞と診断され、それからずっとリハビリ病院に入院して……。

私は一人になった。

広い、がらんとした家で、たった一人だ。息子もあなたも毎日来てくれたけれど、心に開いた大きな穴は埋めることができなかった。

夕方になると、空が真っ赤に染まる。その空を見ると、私はおかしな気分になった。

お父さんは元気なのかな、寂しくしていないかしら。心臓をぎゅっと握られたように不安になった。

　あなたは完全介護だから付き添いはいらないんですよと何度も言ったけれど、できればお父さんの病室で一緒に寝起きをしてあげたかった。あの人はさみしがりやだから、そばにいてあげたかった。

　車で行こうにも、私には道がわからない。だから毎日最寄りの駅までタクシーで行って、そこから一時間もバスに揺られてお父さんに会いに行った。あなたは、そこまでしなくていいのにと心配して言ってくれたけど、お父さんは喜んでいた。私が病室まで来るのを、首を長くして待っていてくれた。

　毎日毎日、お父さんのところにきれいな洗濯ものを運び、たわいのない話をして、汚れた洗濯ものを持って家まで戻るのが日課になった。ときどき、息子やあなたが車で送ってくれた。そんな生活が、気が遠くなるほど続いた。私はぼろぼろになるまで疲れ切った。


　夜になれば、こんな田舎の、こんなに広い家で、たった一人になってしまう。寂しくて、悲しくて、耐えられなかった。一人の夜は怖かった。眠ることができなくなった。お父さんに会いたくて、たまらなかった。

＊＊＊

いつの間にかあなたが待合室に戻ってきた。白衣の人に何を言われたのかわからないが、あなたはそれについて私に話すつもりはないようだ。

「それじゃあお母さん、行きましょうか」と、明るく言った。手には薬の袋をたくさん持っている。

「お父さんの分ももらいましたし、会計も済んだので、さあ、行きましょう」

「あらあなた、そのお薬代はどうしたんや？　もしかして払ってくれたん？」

「いいえ、お母さん。さっき、お母さんがちゃんと払ってくれましたよ」

「またあなた、嘘を言うて。大丈夫よ、後期高齢者の年金暮らしですけれど、それぐらいのお金はあるんやから」

「アハハハ、お母さん、それじゃあまたあとでお金はいただきますから」とあなたは笑って、私とお父さんを病院の出口まで連れて行ってくれた。息子が病院の玄関まで車を回してくれた。

息子の運転する車に乗って、ようやく一息つくことができた。こんな病院、もう二度とくるものか。

助手席に座ったあなたは「今日は待ち時間が短くてよかったですね」と、やれやれといった様子で口にした。後部座席の私の横に座っていたお父さんは、あなたに対しては明るく「そうやなあ」と答えた。

でも、私に対しては機嫌が悪いままで、本当に面倒くさい人だ。偉そうにして腹が立つ。それでも、ようやくパパゴンが消えてお父さんが戻ってきてくれたんだから、我慢が大事。これからも二人で仲良く暮らしていかなければ。今まで五十年以上連れ添ってきた夫婦だもの。大切な人だもの。

一生懸命働いてきたお父さんと、ようやくゆっくり暮らすことができるのだ。これからが、私たち夫婦にとっては大切な時間なのだ。

それなのに、なぜだか心のなかに、ざらざらとした違和感が残っていた。とても強い哀しみのようにも思える。でも、それがどんな理由からくる気持ちなのか、考えても、考えてもわからなかった。

「ねえお父さん、きれいな湖やねえ。こんな素敵な景色、初めて見るわ」と私が声をかけると、お父さんは「そうやな」と素っ気なく答えた。

それを聞いていたあなたが取り繕うように、「今日は天気もいいし、本当にきれいですねえ。今年は春が早いのかなあ」と言った。

息子が「今日はほんまにいい天気やな。今から、何かうまいものでも食いに行こうか?」と誘ってくれた。

私は、お蕎麦がいいわとリクエストした。最近、あまりたくさん食べることができないから、ざるそばぐらいでちょうどいい。海老の天ぷらが、少しあったらうれしい。それにお蕎麦はお父さんの大好物。私はいつもお父さんを最優先にして、これまで生きてきた。

息子は、「よっしゃ、それじゃあ今日は蕎麦にしよ」と明るく言ってくれた。

幸せだ。

息子は優しい。

お父さんは最近怒ってばかりだけれど、それでも文句を言ってはいけない。お父さんは今、元の生活に戻ろうと必死にがんばっているのだから。

私だってがんばらなくちゃいけない。強く生きなくてはいけない。若い人たちに迷惑をかけてはいけない。お父さんを支えることができるのは、私だけなのだから。

そんなことを考えていた私の耳に、突然、懐かしいメロディーが聞こえてきた。

われは湖の子　さすらいの

旅にしあれば　しみじみと

ほらお父さん、向こう岸に見える山が、とてもきれいですよ。

美しい湖を沿うようにして走っていた息子の車は、大きな橋を渡りはじめていた。
横に座るお父さんの顔が、一瞬だけパパゴンに見えた。

第四章

お父さんは悪人——晩冬

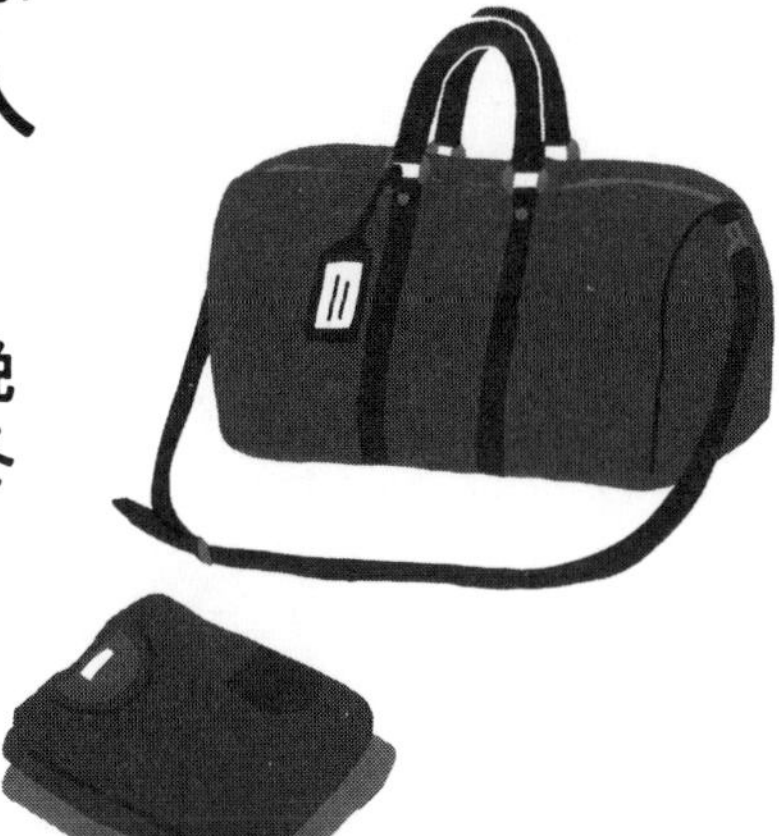

ポストが満杯になるほどの紙類を、家のなかにすべて引き上げようとしていた。寒波が続いた最近では、珍しいほど穏やかな天気で、空気が澄んで気持ちのいい日だった。柔らかな日差しが降り注ぎ、きらきらと美しい。

庭は隅から隅まできちんと掃除されていた。私が毎朝、細心の注意を払いながら、美しく整えているからだ。こだわっているのは、飛び石を囲むようにして生えている苔。本当に手がかかるけれど、こればかりは仕方ない。

お花のお稽古のときに和室から見える庭は、常に美しくしておきたい。生徒さんたちには美しいものを見て欲しい。郵便物を手に、庭をもう一度見回して、満足して家に入った。

お父さんが引退してからというもの、めっきり郵便物が減ったのは、寂しいことだと思う。毎年数百枚も来ていた年賀状は、去年はわずか五十枚だった。よそ様とのつきあいなんて、こんなものなのだとあきらめればいいのだろうか。こちらが寄せる思いと、あちらの抱く思いが同じとは限らない。こんな老夫婦と仲良くしたって、得なことはこれっぽっちもない。それでも、お父さんの素晴らしい人生が否定されたというわけではない。人生の価値を決めるのは、どれだけ愛し、そして愛されたかということ。私は心からお父さんを愛している。それで十分なはずだ。

あとはゆっくり、私とこの家で老後を過ごせばいい。息子とあなたが私たちを応援してくれる。孫もしっかりと成長している。二人とも立派な男の子。なんて幸せなことだろう。

最近になってわが家のポストに届くのは、わけのわからないはがきやチラシ、冷蔵庫に貼るマグネットばかりとなった。水道が、ガスが、電気が、電話料金が安くなると、本当に余計なお世話なゴミばかり。下品でうんざりする。

安っぽいマグネットに印刷されたタレントの顔は、どこかで見たことがある人で、有名なタレントさんが多いから、すべてが悪い業者ではないだろうけれど、こんなものをポストに次々と入れられたら面倒でたまらない。後期高齢者の私には、こんなことですら煩わしい。

黄色く安っぽい紙に、太くて黒い手書き文字で書かれた不用品回収のチラシ。うっかり触って指の腹を切ってしまった。鋭い痛みに驚いた。腹が立ったから、びりっと勢いよく破って、投げ入れるようにしてゴミ箱に捨てた。

いちばん厄介なのは、マグネットだ。マグネットは可燃ゴミに捨てていいのか、それとも分別しなければならないのか、どうしたらいいのかわからない。

こういうときはあなただ。さっそく、携帯電話まで連絡を入れた。

「そんなの、まとめて可燃ゴミで捨てりゃいいですよ」と、あなたはあっさり言った。いつもの通り、ぶっきらぼうに。

だけど、本当にそうなのだろうか。

とにかくマグネットだけはすべて捨ててくださいねと、あなたは何度も言う。私は笑って、はいはい、捨てますよと答えて電話を切った。

私は何枚ものマグネットをひとつにまとめてゴミ箱に投げ入れた。

投げ入れた瞬間、少しもったいないことをしたのではないかと思ってしまった。だって、マグネットに印刷されたタレントさんと、目が合ってしまったのだもの。

彼は元野球選手。小柄だが、足が速かった。顔も愛嬌があって、引退後も人気者だ。なんだかとても可哀想になり、ゴミ箱から彼のものだけ拾い上げた。あなたに見つからないように、冷蔵庫のドアの隅っこに貼り付けた。


テーブルの上に残りの郵便物を広げ、眼鏡をかけて、ひとつひとつ確認していった。

保険会社から二通。これはお父さんが加入している生命保険とガン保険の会社から送られて来たものだ。そして取引のある銀行から、珍しくはがきが一通届いていた。

定期預金が満期になったのだろうか。

そんな定期預金、あったかどうかも記憶にない。もしかしたら若い頃にはじめたものだったかもしれない。そうだとしたら、もう何年になるのだろう？　満期だとすると、いくらぐらいになるのだろう。

うきうきしながら宛名を見ると、「吉川幸恵様」とあった。

吉川幸恵？　誰？

二つ折りでぴったりと糊付けされたはがきの角を、指で一生懸命めくって丁寧に剥がし、中身を読んでみた。細かい字でびっしりと書かれていて、何がなんだかわからない。それでも、大きめの文字で、「貸金庫」とあるのは読むことができた。

貸金庫？　貸金庫とは、どういうことだろう。

取引をしている銀行に貸金庫があることすら、私はまったく知らなかった。こんなことをするのはお父さんしかいない。お父さんは、いったいなにを預けているのだろう。吉川幸恵に関係のあるものなのか。

これぱかりは、お父さんに聞いてみなければわからない。いつから借りていたのか。何を預けているのか。

お金？　それとも株券？　まさかね。なかに何が入っているのか聞くついでに、吉川幸恵が誰なのかも問いたださなくてはならない。

お父さんはお風呂に入っていた。急いで風呂場まで行き、ドアを細く開けて、「ちょっと」と声をかけた。お父さんは振り向いて、「なんや？」と言った。

私は愛人の吉川幸恵のことを、単刀直入にお父さんに問いただした。

「なにをあほなことを」と、お父さんは怒って言った。

「そんなでたらめな話があるわけがない」と、信じられないといった表情で言った。

お風呂に入っているからなのか、怒っているからなのか、顔が真っ赤だった。何かを誤魔化しているに違いない。お父さんは、今から出るから、それからにしてくれと大きな声で言った。

私は平静を装って、できる限り落ちついた声で、湯船のなかのお父さんに、「貸金庫のことを聞きたいんです」と言った。

お父さんは、貸金庫？　そんなものしらん、とにかく今はやめてくれと言い、「すぐに出るから」と憮然とした表情で言った。私は、「べつに急いで出ないでもええんよ」と声をかけ、お風呂のドアを閉め、早足でリビングに戻り、お父さんが上がってくるのを今か今かと待った。

＊＊＊

「預けているのは旅行鞄ですね？　吉川幸恵と旅行に行って、そのとき使った旅行鞄を預かっていると、はがきに書いてあるやないですか。早く取りに来てくださいって、ここにちゃんと書いてありますよ」

私は正面切って、堂々とお父さんに言ってやった。

お風呂から出たばかりのお父さんは、まだ赤い顔をしていた。そんなお父さんの目の前にはがきをおいて、指で「貸金庫」という文字を指して、何度も見せた。

まさか私がこのはがきを見つけるとは夢にも思っていなかったお父さんは、顔を赤くしたり、青くしたりして、かなり慌てた様子だった。痛いところを突かれたのだろう。私を誤魔化せると思ったら大間違い。女の勘は鋭いんですよ。さあ、どう言いわけする？

「なにをあほなことを」と、お父さんはもう一度言って、私を睨み付けた。

「神に誓って、そんなことはしてへん。それはお前がいちばんよくわかっていることや。若い者に示しがつかんことは一切せん。これまでもそうやし、これからもそうや。わしは退院したばかりやぞ。それも忘れてしまったんか。もうすぐ九十にもなる爺さんのことなど、誰が相手にするもんか。お前、ほんまにおかしくなってしもたんか?」

「それは常識で言うたらそうでしょうけれど、実際にこうやってお知らせが来ているんやから。二人で旅行に行って、その鞄を貸金庫に預けた。それを引き取りに来て欲しいというはがきがこうやってわが家のポストに届いた。それが事実なんやから。そうでしょう? しばらく家にいなかったんは、この女性と一緒に、温泉旅行に行っていたからなんやね?」


お父さんは口をあんぐりと開けて、もう何も言わなかった。そして立ち上がると、杖をつきながら寝室に入り、しばらく出てこなかった。そしてその日の夜は、私とひと言も言葉を交わさなかった。

あれだけ怒るということは、お父さんは旅行に行っていないのかもしれないと考えた。それであればなぜ、私の頭のなかに、お父さんと吉川幸恵が、二人仲良く温泉街を肩寄せ合って歩く姿がはっきりと見えているのだろう。見えているのだから、それが真実。絶対だ。

翌日になって私は、この大事件をあなたに報告せねばなるまいと思い立ち、さっそく携帯電話に連絡を入れた。あなたは私が何を言ってもあまり驚かないから、相談しても問題はないと思ったのだ。まさか息子にこんなことは相談できないでしょう？

あなたはすぐに携帯電話に出てくれた。受話器の向こうで、何かがカタカタと小さい音を立てていた。たぶん、仕事中なのだろう。あなたは確か、タイピストだ。

「もしもし。どうしました？」と、いつものぶっきらぼうな調子だった。

そんなことをいちいち気にしていられない。私とお父さんが離婚するかどうかの瀬戸際だっていうのに、嫁に気を遣っていられるもんですか。早口で今まで起きたことをあなたに打ち明けた。

「忙しい時間にごめんなさいね、ちょっと聞いてくれるかしら。お父さんがな、吉川って女と一緒に行った温泉旅行で使った鞄を、銀行の貸金庫に預けていたみたいやのよ。それをね、取りに来てくださいってはがきが届いたんやけど、お父さんは知らないって言うねんよ。どうしたらええのやろ？」

あなたはしばらくなにも言わなかった。そして、「えーっと……」とひと言言ったまま、沈黙した。受話器の向こうでカタカタと鳴る何かの音は、もう聞こえてこなかった。

「お母さん、その吉川さんって、お隣の吉川さんじゃないですか？」

「えっ、お隣？」

「そうですよ、お隣のご夫婦。吉川さんですよね、確か」

あなたにそう言われてみれば、そうだったような気がする。そうだったかしらと私は慌てて答えた。心臓がどきどきしてきた。

「お隣の吉川さん宛てのはがきが、間違って配達されただけのことじゃないですか？

銀行に旅行鞄を預けるなんて、あまり聞いたことがないですよ。本当にそんなこと、書いてありました？　もしかしてお母さんが疑っているのは、不倫旅行ってことですか？　ない、ない、ない!!　お父さんに限って、それだけはないですよ。お母さん、冷静に考えてください。あんなに仕事一筋で真面目な人が、不倫なんてするわけないじゃないですか！　それに、お父さん、そろそろ九十ですよ!?　あんなお爺さんとつきあうとか、絶対にないですから！　それに、脳梗塞で長い間リハビリ入院して、戻って来たばかりじゃないですか。お母さんの勘違いだと私は思います。え？　お父さんを責めちゃったんですか？　あーあ、可哀想になぁ……」と、あなたは呆れたように言った。

私はそんなあなたの言葉に憮然としてしまった。

この子もお父さんの味方なのか。なぜ誰もがお父さんの味方をするのだろう。「今のままではストレスでお父さんが倒れてしまう」と言うのだろう。

ストレスという言葉に込められた意味が私には気になって仕方がない。私が悪いとでも言いたいのだろうか。私の存在が、お父さんを苦しめていると言いたいのか。

それでは私は？　私のことは？　私はお父さんの半分も愛されていないの？　それが私には悲しいのだ。

すべて誤解ですよと何度も繰り返すあなたと話していたら、お父さんの不倫などどうでもよくなってきた。

誰かと話をすると、とても疲れる。頭の真ん中が痺れるようだ。釈然とはしなかったが、私は一応納得したふりをして、電話を切った。

その日の夜のことだ。とても不思議な夢を見た。

お父さんと吉川幸恵が、腕を組んで仲睦まじく温泉街を歩いている。二人はとても幸せそうに見える。お父さんは、大きめの革の旅行鞄を左手に持っていた。その鞄は、出張の多いお父さんに、十年ほど前に私がプレゼントしたものだ。鞄の持ち手に「住吉銀行」と書かれた札が結びつけられている。お父さんが貸金庫を借りている銀行ではないか！

ほら、どうです？　私は間違っていなかったでしょう？

私は猛烈に腹を立てた。お父さんを捕まえてやろうと、両手を思い切り伸ばして、はっと目が覚めた。

早鐘のように打つ心臓の鼓動とはうらはらに、寝室は静寂に包まれていた。お父さんのベッドをうかがったが何もわからず、いびきだけが聞こえてきた。

しばらく目を凝らすと、お父さんの白い掛け布団がもぞもぞと動いているのが見えてきた。耳を澄ますと、沢のせせらぎのような音が聞こえてくる。誰かが囁いている。お父さんと女の声？

息を殺して待った。

目が暗闇に慣れて、お父さんの布団がぼうっと白く浮きあがるようにして見えてきた。するとその掛け布団から誰かがそっと抜け出し、足音も立てずに寝室から出て行くのが見えたではないか。裸足の、青白く細い足首。

その足は急いで風呂場まで進むと、ドアを開けて中に入っていった。シャワーの音が聞こえてくる。私は体を硬直させたまま、その音にすべての神経を集中させた。ざあ、ざあという微かな音は、やがて小さくなり、キュッと蛇口をひねる音がしたあと、完全に消えた。

何ごともなかったかのように、静かに寝息を立てているお父さんの顔を、暗闇のなかで凝視した。私に気づかれないように、寝たふりをしているに違いない。

ベッド脇のライトをつけて、最後にもう一度、お父さんの顔をしっかりと確認した。深く刻まれたしわ、太い眉毛。間違いない。私は起き上がってお父さんの寝るベッドの横に静かに立つと、両手で白い掛け布団をつかんで一気にめくり上げた。

お父さんは声にならない悲鳴を上げて、目を見開いた。何が起きたのかわからない様子で、慌てふためいたお父さんは、喉からしぼり出すようにして「どうしたんや?」とわざとらしく言った。私はそのお父さんの寝ぼけた顔に向かって、大きな声で怒鳴りつけてやった。

女をどこに隠した！

第五章

水道ポリスは悪人——早春

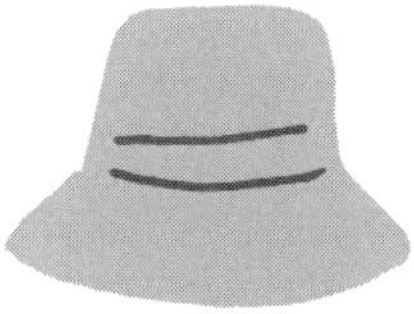

思わず外に出て深呼吸したくなるような、爽やかで暖かい日だった。

長く寒い冬のせいで足腰がずいぶん弱くなってしまったような気もするけれど、これからはこうやって毎日庭に出て、運動がてらの庭仕事ができる季節だからうれしい。新芽をつけた庭木を見て、思わず笑顔になる。

これからは毎日、お父さんと手を繋いで近所を散歩しましょう。桜の開花が待ち遠しい。今年こそ、孫たちと一緒に美しい桜を見たい。どんなお弁当がいいかしら。今度電話をしてあなたに聞いてみようと考えながら、私は息子がくれた段ボールの箱に、庭に落ちているゴミを入れはじめた。

その作業にすっかり夢中になっていたら、誰かが声をかけてきていることにしばらく気づかなかったようだ。

すいません、奥さん、すいません！　と、大きな声が聞こえた。私は声のするほうを振り向いた。青い服を着た青年が立っていた。

「奥さん、きれいなお庭ですねぇ！」

服とお揃いの青いつばのついた帽子を浅くかぶった青年は、白い歯を見せて笑った。

「ありがとうございます。でも、毎日手入れが大変なんですよ」

私は、少しだけ警戒しながら答えた。初めて会う人には気をつけるようにと、お父さんと息子から言われている。

「そりゃそうですよね、これだけ立派なお庭だったら、時間がかかるでしょう？」

「そうなんです。秋になると、毎日落ち葉拾いが大変で。秋だけじゃなくて、一年じゅう掃除しないといけないんで、腰が痛くてたまりませんよ」

「それは大変ですねえ。あ、僕、この近所を巡回しております、水道ポリスの鈴木です。この辺りのお家の排水口の調査をしておりまして、今ならお家まわりの排水口のチェックが、なんと無料になっております。春のキャンペーン中なんです……もしよかったら、今から奥さんのお家もチェックしましょうか？　もちろん、無料でさせていただきます！　お庭の掃除も、僕がお手伝いさせていただきますよ！」

「いえいえ、それは結構です、うちは息子がすべてやっておりますので……」と私は答えた。このように、突然やってくる業者さんと話をしてはダメですよと、家族全員から何度も言われているし、ケアマネの長瀬さんもしつこく言ってきていた。

「それじゃあ今日は、僕の名刺だけでも奥さんにお渡しさせてください。困ったときにご連絡いただければ、いつでもすぐに来ますから」と青年は言って、さっと名刺を差し出して、にこっと笑った。

私は彼が差し出した名刺を、曖昧な笑顔を見せつつ受け取った。

水道ポリスの鈴木さん。

あら、名刺に覚えのある顔が印刷されている。元野球選手で、今はタレントの男性だ。そう言えば、先日ポストに入っていたマグネットにも同じ顔が印刷されていた。そのマグネットは冷蔵庫の隅に、あなたに隠すようにして貼ってあった。なるほど、あの業者さんなのね。

「あら、この方、知ってるわ。よくテレビで見ていますもん」と私は水道ポリスの鈴木さんに言った。

「そうでしょ？　彼はわが社のイメージキャラクターなんです。お年寄りに人気だから、僕らもうれしいんです」

鈴木さんの顔が、名刺に印刷されたタレントさんの顔に似ているように思え、少しだけ恥ずかしくなった。

「あの、そのチェックって無料なんですか？」

「ええ、今週はこの地区を対象とした、春の無料キャンペーンなんです！　万が一、修理や清掃が必要な箇所がありましたら、格安の一万五千円からお仕事させていただきます。排水口の清掃は風水的にもいいことばかりなんです。悪い気を流せば、幸せなことが起きるんですよ。安心してください、必ずお見積もりを取らせていただきまして、契約を完了させてからの作業となりますので！」

私は幼さの残る鈴木さんの顔をもう一度見た。

悪い人ではない。

「それじゃあ、チェックだけでもお願いしましょうかねえ……」と言った私に、鈴木さんは、「ありがとうございます！」と大声で言って、勢いよくお辞儀した。頭が地面につきそうだった。私は笑いながら、それじゃあお願いねと、孫のような年齢の青年に声をかけ、家のなかに戻った。

さっそく、寝室にいたお父さんに声をかけた。

「お父さん、水道ポリスの鈴木さんが、排水口のチェックを無料でしてくださるって。悪い気が流れるらしいんよ。とても若い子やのよ。まるで孫みたい」と、ベッドに座っているお父さんに声をかけたけれど、私の声は聞こえなかったようだ。

最近、お父さんは耳が遠くなってしまった。息子とあなたが補聴器をプレゼントしてくれたけど、お父さんは補聴器をつけるのを嫌がる。恥ずかしいというのだ。もうすぐ九十だというのに、そういうプライドだけは誰よりもある。そんなにかっこつけて、誰に見せるというのだろう。まさか、気になっている女性でもいるのだろうか。息子は、会話をしてもなかなか要領を得ないお父さんにいらいらして、いつも怒っている。「親父、とにかく補聴器をつけてくれ！」とお父さんに厳しく言い、あなたに、まあまあとなだめられている。

私はもう一度お父さんに声をかけた。

「お父さん！　水道ポリスの鈴木さんが、排水口のチェックですって！　風水なんやって！」


お父さんはようやく振り返って、「……ほうすい……？」と言った。

「風水！　風水ですよ」と、私が答えたそのときだった。


寝室の窓から、体格の大きな男性が二人、庭を横切って、敷地内に入ってくるのが見えた。若々しい鈴木さんの姿はない。いつの間に、怖い顔をした男性が二人も入ってきたのだろう。家の周りをぐるぐる回って、何かをチェックしている様子だ。私はお父さんに、「私の勘違いだったわ」と伝え、勝手口に急いだ。

外の様子をうかがうと、男性たちが排水口の蓋を開けているようだった。

チェックだけだったら無料だと言っていたはず。大丈夫、あんなにいい青年が私を騙すわけがない。

急いで寝室に戻ってお父さんにもう一度話そうと思ったのに、お父さんはすでにいびきをかいて寝てしまっていた。

私は仕方なく、自室に入って家計簿をつけはじめた。お父さん宛にいただいたお見舞いのお返しも、まだ残っていたはずだ。華道教室の生徒さんにははがきを書いて、近況をお伝えしなければならない。コロナのおかげで長らく教室を休むことになってしまってごめんなさい。またお会いできる日までごきげんようと書きたいのだけれど、最近、文字を書くことさえ、とても疲れる。なぜこんなに、何をやっても疲れるし、何を聞いてもやかましく、何を見ても色が失われてしまったのだろう。

すべての景色が灰色に塗りつぶされた。

あれだけ美しかった庭も、今は荒れ果てた土地のように、殺伐として見えるときがある。私のなかの何が変わってしまったのか、私自身にもわからない。

突然インタフォンが鳴り、我に返った。急いで受話器を耳に当てると、水道ポリスの鈴木さんの明るい声が聞こえてきた。

「奥さん、お待たせしてすいませんでした！　弊社の作業員がチェックさせていただきまして、作業お見積もりができあがりました！　玄関まで今すぐお願いします！」

私は玄関に急いだ。

「奥さん、悪いものがずいぶんありましたよ。今まで肩とか腰が痛くなかったですか？　僕らがきれいさっぱり流しますからね。こちらが作業見積書です。サインしていただいて、ご印鑑をお願いします！　それから、こちらの契約書兼請求書の裏に、クーリングオフ制度について書いてありますので、そちらもご確認くださいね」

クーリングオフというところだけ、鈴木さんは歌うような、滑らかな声を出した。まるで高校生のように幼かった鈴木さんが、一瞬だけ、冷静な大人の男性になったように思えた。

私は少なからず驚いてしまった。無料のチェックだけだと思っていたのに、見積もりと契約書にサインが必要らしい。

鈴木さんはもう微笑んではいなかった。

「少しお待ちくださいね」と慌てて答えて、寝室まで急いだ。お父さんに確認してもらわなければならない。私は眠っているお父さんに必死になって声をかけた。

「ねえお父さん、起きてくださいよ、お父さん！　ねえ、お父さんってば！　水道ポリスさんがね、印鑑を押して欲しいんですって。ねえお父さん、押してもいいんですか？」

お父さんは目を開けずに、うーんとひと言だけ言った。少し迷ったが、お父さんがいいと言うのなら、いいのだろう。

私は自室に置いてある印鑑を持って急いで玄関まで戻り、鈴木さんに「遅くなってすいませんねえ」と声をかけた。鈴木さんは、「いえいえ、結構ですよ」と言いながら、胸ポケットからペンを取り出し、カチカチとせわしなく鳴らして芯を出すと、はい！　と私に手渡してくれた。ペンを持った右手に、左手をきれいに添えて。

名前を書く欄を指さした鈴木さんの顔をちらりと見ると、笑顔で頷いていた。

私は鈴木さんに言われるがまま、お父さんの名前を書き、そして印鑑を押した。見積書に押し、そして契約書兼請求書にも押した。

鈴木さんは、「ありがとうございます！　それじゃあ、作業を開始します。僕ら、作業したらそのまま帰りますので、ゆっくりお昼寝なさっていてくださいね」と言った。私は、それではお願いしますと伝え、自室に戻ったが、なんだかとても不安だった。

カーテンの隙間から庭を見ると、大柄な男性が、鉄砲のようなホースを持ち運んでいるところだった。鈴木さんは、水道ポリスと派手に書かれた青い車に乗って、どこかに行ってしまった。その横顔からは笑顔が消えていた。

どっと疲れてきた。知らない人と話をすると、本当に疲れてしまう。立っているのも、やっとの状態だ。琥珀色になった視界が歪みはじめた。私は足を引きずるようにして寝室に向かうと、ベッドに倒れ込んだ。

＊＊＊

目を覚ますと、外はもう暗かった。疲れて眠り込んで、夕方になってしまったようだ。不安になって辺りを見回した。横のベッドにお父さんの姿はなかった。

ようやく起き上がってキッチンに行くと、お父さんが夕食の支度をしてくれていた。お父さんに何か大事なことを言わなければならなかったはずだけど、どうしても思い出すことができない。

結局、私はお父さんの作ってくれた煮魚をありがたくいただいて、お銚子に少しだけの日本酒を飲み、お風呂に入り、就寝した。

＊＊＊

夢を見た。

お父さんが散歩に行くと言って出たきり、戻らない。心配になった私は家から飛び出し、お父さんの姿を必死になって探すけれど、どこにもいない。誰かと一緒に旅に出てしまったのか。それとも、駅前の居酒屋に飲みに出たのか。

どこまでも走って、走って、走り続けて、もう一歩も動けないと思ったとき、ようやく目が覚めた。心臓の鼓動がはっきりと耳に聞こえていた。自分ではどうにもできないほど強い怒りがこみ上げてきた。

「私から逃げんといて!」

大きな声で叫んだのに、お父さんは目を覚まさなかった。

＊＊＊

週末、息子とあなたが大きな買い物袋を抱えてやってきた。食材を届けてくれたのだ。

週末になると、息子とあなたは、朝から二人でやってきて、冷蔵庫のなかにたくさん食べものを入れてくれる。私とお父さんが知らない、珍しい食材やお菓子を買ってきてくれるから、とても楽しみにしている。

あなたは買ってきた食材で簡単なお惣菜を作りながら、お薬は飲めていますか、デイは楽しいですかと私たちと話をしてくれる。

息子は家の周辺や庭を見て回り、何か故障していないかとか、防犯設備がちゃんと動いているかなんてことを、くまなくチェックしてくれる。この辺りは住宅密集地でご近所さんとは仲がよいけれど、物騒な話がないわけではない。

ケアマネの長瀬さんも、毎日ヘルパーやデイの職員が訪問させていただいていますが、気をつけるに越したことはありません、お家の窓や玄関の鍵はしっかりとかけてくださいねと言う。知らない人は家にあげてはいけませんよと、何度も言う。コロナ以降、電話の詐欺も増えているんですとも言っていた。オレオレ詐欺は何度か撃退したことがある。
そんな物騒な世の中なので、息子夫婦が足繁く通ってくれるのは、ありがたいことだと思っている。

お料理が終わり、リビングでコーヒーを飲みはじめたあなたが、ダイニングテーブルの上にあった紙を見て、「なんですか、これ?」と素っ頓狂な声を出した。
私はあなたが手にした紙を見て、「それは悪いものを流した時の……」と、息子とお父さんに聞こえないように静かに答えた。それなのにあなたは「水道ポリスぅ!?」と大きな声を出した。

「はぁ!?　なんじゃやこれ!」

あなたは紙に書かれている文字を、すごい速さで読みはじめた。

「基本料五千円、マグネット割引三千円、油除去作業二万五千円、汚水管詰まり貫通作業一万円、高圧ジェット洗浄基本料三万五千円、内視カメラ確認作業一万五千円、高圧ジェット洗浄作業一回二千円が二十五回で五万円!?」

あなたは一気に言うと、もう一度、「はぁ!?」と言った。

「お母さん、これ、消費税込みで十五万七百円の請求書ですけど、どうしたんですか?」とあなたは目を丸くしながら聞いてきた。

「ほら、マグネットの人がいるでしょ。あの人が無料でチェックって言うもんやから……」

私はしどろもどろになって答えた。

あなたは私の話を聞くと、「くっそ、これはやられちまったなぁ」と、男みたいな口調で言って、自分の額に右手を強く当てた。ぱちんといい音がした。たいそう悔しそうだった。

それから後のことは、私にはよくわからない。

あなたはテーブルの上にあった紙を持って息子のところまで行き、何かをべらべらとしゃべっていた。息子は怒った様子でお父さんのところに行き、「親父がいて、なんでこんなことになるんや」とお父さんを叱っていた。お父さんは何も言えずに、困った顔をしていた。あなたが、まあまあと、息子をなだめていた。

お父さんを責めないであげて、お父さんをいじめないでと私は言った。大きな声で叫びたかったのに、小さな声しか出なかった。何か怖ろしいことが起きてしまった。

ごめんなさい、**私が悪いんや……**私の声は震えていた。

あなたは携帯電話を取りだして、ケアマネの長瀬さんに電話をしているようだった。

十五分ぐらい経ったただろうか、あなたは手に持った紙をすべて自分の鞄に入れると、何ごともなかったかのようにリビングに戻ってきた。息子も、もう何も言わなかった。あなたと息子は、私たちと改めてコーヒーを飲んで雑談すると、冷蔵庫のなかを最後にもう一度整理し、また来るからと言った。

「大丈夫やったの?」とあなたに聞くと、「もちろん大丈夫ですよ」と笑顔で答えた。

息子の背中に「ごめんね」と声をかけると、「親父もかあさんも悪くない。**悪いのはポリスや**」と言ってくれた。

第六章 魚屋は悪人——初夏

「あんた、魚は好きか？」と、魚屋さんが私に聞いた。

「ええ、もちろん好きですよ。私は海のそばで生まれましたから、魚を食べて育ちましたしね。今でも、息子がスーパーで刺身を買って、家まで持ってきてくれるんですよ。それにお父さんは料理が上手な人で、新鮮なお魚をさばいて、私によう食べさせてくれました。煮魚も好きですけど、やっぱり刺身が好きですね。白身が好物です」

「それじゃあ今度、あんたの家まで行って、魚をご馳走してやるよ。いつがいい？」

と魚屋さんは言った。私は少し変な気持ちになり、適当に誤魔化すことにした。

「そうですね、また今度、時間があるときにでも……」と私が言うと、魚屋さんは笑って、「あんたが一人のときがいいなあ。だってあんたの旦那、ちょっと怖いから」と言った。

私は誇らしげな気持ちになった。

確かに、お父さんには威厳がある。もう九十歳に近い人だけれど、体も大きいし、声も大きい。脳梗塞で倒れたというのに、不屈の精神でリハビリをがんばって、今はほとんど不自由もなく、元気に暮らしている。あなたはそんなお父さんのことを、伝説の男と言っていた。

「うふふ、そうでしょうね。お父さんは、いかつい顔をしていますし、実際に怖い人なんですよ。大阪生まれの大阪育ちですから。それに、知らない方は家に入れませんしね」と私は答えた。

「あんたの旦那を知らないわけじゃないんやで。もう半年ほど、一緒に運動してるやないか」

そう言われてみれば、確かにそうだ。私も何度か魚屋さんと一緒に運動をしたことがある。お父さんとも顔見知りで、時折、談笑している様子を見たことがあった。

一生懸命考えるうちに、お父さんと魚屋さんが仲良く一緒に散歩をしている姿が脳裏に浮かんできた。

そうだ、確かにそうだった。魚屋さんとお父さんは昔からの友人なのだ。もしかしたら幼なじみなのかもしれない。それであれば、信用してもいい人だ。

「そうですね、水曜日の午前中はお父さんが整形外科に行きますので、そのときだったらキッチンをお貸しすることもできますけれど」

「そうか、それじゃあ、水曜日に行くかもしれないよ」と、魚屋さんは言った。

その次の週の水曜日、息子とあなたが朝早くから家にやってきて、お父さんを整形外科に連れて行ってくれた。今日は息子も来てくれたから、ＤＩＹショップで庭の手入れに使う道具を買いたいとお父さんは上機嫌だった。

お父さんは最近、家にいても暗い顔ばかりする。だからときどき、こうやって外に出たほうがいいのだと、ケアマネの長瀬さんも言っていた。

「お父さんにだって息抜きが必要ですからね！」と彼女は言うが、息抜きだなんて、まるでお父さんが窮屈な暮らしでもしているかのようだ。みんなによってたかって責められて、窮屈な思いをしているのは、この私だというのに。

あなたが、「お母さん、すぐに戻りますから、どこにも行かないでくださいね。急いで戻って来ますので。お昼ご飯も私が買ってきますから、とにかく家にいてくださいい。何かあったら電話をしてくださいね」と言い残して、お父さんを車に乗せて出て行った。

小学生の子どもじゃあるまいし、まったくあなたは心配性だ。私がここを出て、どこに行くというのだろう。

私はキッチンの窓から外の景色を眺めていた。

天気がとても良い日だった。朝は爽やかな風が吹いていたけれど、日差しのある今の時間は、暑いぐらいだ。

私はお気に入りの黄色い麻のワンピースを着て、小さな空の段ボールを手に、庭に出た。

この段ボールがいっぱいになるまで落ち葉やゴミを拾ったら、今日の庭の手入れは終わりだ。これ以上やったら腰や肩が痛くなってしまうから、これで十分だからねと、息子が用意してくれたのだ。かあさん、毎日これにいっぱいだけ。これ以上やったらあかんで。また腰が痛くなるからな。

まずは玄関前から掃除をしはじめた。大きな庭石の周りに、小さな葉っぱが何枚も落ちている。段ボールを地面に置いて、一枚、一枚、丁寧に拾い上げていった。次は飛び石の辺りだ。ここには苔が生えているから、踏んでしまわないように注意深く掃除する。わずかなゴミも、見逃さずに段ボールに入れていく。

一生懸命掃除をしていたら、「よお」という声が後ろから聞こえて来た。見たことのないお爺さんの乗ったシニアカーが、庭のなかまで入ってきていた。どきりとした。

「どちら様ですか」と私は言った。

顔をよく見ても、誰なのかわからなかった。

そのお爺さんは、かぶっていた茶色い毛糸の帽子を脱いで、「わしや」と言った。

「あら、魚屋さんやないですか！　どうされたんですか？」

「今日は水曜日やろ？　先週、あんたに魚を食べさせるって約束したやないか」

「ああ、そうでしたっけ……」

本当にそんな約束をしたかどうか、一生懸命考えたのだけれど、このときはどうしても思い出すことができなかった。この突然現れた気味の悪いお爺さんが、魚屋さんかどうかもわからなくなってきた。

もしかしたら、お父さんの友達なのかもしれない。もしそうだとしたら、邪険に扱ってはお父さんに叱られてしまう。私は適当に話を合わせることにした。

「ええ、そうでしたね。庭の掃除をしていますんで、もうちょっとだけ待ってくれませんか。それに今、お父さんが息子夫婦と外出しておりまして、家には私だけしかいないんですよ」

私はそう言って、お爺さんに背を向けて落ち葉を拾い続けた。

背中に絡みつくような視線を感じていた。何かがおかしいと、怖ろしくなった。

「すいません、ちょっとなかから道具を取ってきます」と私は言い、小走りに家のなかに戻って、玄関に鍵をかけた。

勝手口に走り、勝手口のドアにも鍵をかけた。離れまで行き、離れのドアにも鍵をかけた。寝室の窓にも、キッチンの窓にも、風呂場の窓にも鍵をかけた。

お花のお稽古に使っている和室に走り、すべての窓の施錠を確認して、自室に籠もった。

引き出しのなかから携帯電話を取りだして、お父さんに連絡を入れようとした。

確か、お父さんの番号は「1」というボタンを押せばよかったはず。

だから、急いで「1」を押した。

携帯電話に耳を押しつけても、何も音がしない。何度も「1」を押すのに、うんともすんとも言わない。仕方がないから、息子に連絡をすることにした。息子の番号は、「2」だ。「2」を必死に押すけれど、何も起きない。

次は「3」のあなただ。「3」のボタンを何度も押すけれど、何も起きない。

怖くなって、私は自室のカーテンを閉めて、座り込んだ。

息を殺して、外の様子をうかがっていた。シニアカーが庭の玉砂利の上を進む音が聞こえてくる。私の部屋の窓の近くを、行ったり来たりしているのがわかる。杖でこんこんと窓を叩く音がする。

叫び声が出そうになって、大急ぎで寝室まで走り、お父さんの布団をかぶって隠れた。

隠れてどれぐらい経ったただろう、車が駐車場に入る音がした。バタンバタンというドアが閉まった音、ビニール袋が擦れるような音、そして誰かの話し声が聞こえて来た。

しばらくすると、玄関を誰かが開けようとする、ガチャガチャというやかましい音が響いてきた。私は布団のなかでじっとしていた。すると、インタフォンの呼び出し音が鳴った。

私は飛び上がるようにして布団から出て、恐る恐る寝室からリビングに移動し、インタフォンの受話器を上げた。

「お母さん、すいません、玄関開けてもらえませんか?」

あなたの声だった。

私はうれしくなって、玄関まで急いだ。玄関の引き戸を開けると、大きなビニール袋をいくつも持った、息子とあなたが立っていて、その後ろには杖をついたお父さんがいた。

「お帰りなさい」と私が言うと、あなたが「お母さん、家の前に茶色いシニアカーが停まってるんですけど、あれ、誰ですか？」と、怪訝《けげん》な顔をして聞いてきた。私が魚屋さんを庭まで入れてしまったことをとがめられると思って、慌ててしらを切った。

「さあ？　誰やろねえ？」

「え？　誰なのか知らないんですか？　どういうことです？」と、あなたはまるで探偵みたいに、険しい顔をして言った。

息子が笑って、「デイの友達やろ」と言った。するとあなたは「デイの友達？　そんな馬鹿な話あるわけないやん！」と怒った調子で息子に言った。まったく、口の悪さは若い頃から変わらない。

「お母さん、知らない人なんですか？　なんで知らない人のシニアカーが停まっているんです？　それで、乗っていた人は今、どこにいるんですか？」と、あなたはしつこく聞いてくる。息子も、お父さんもすでにリビングでくつろいでいるというのに、あなた一人だけが怒った様子で私を詰問する。

このままなんとか誤魔化しておけば、いつか魚屋さんは帰っていくだろう。お父さんにこんなことを知られたら、また叱られるだけだ。

私は何も言わずにリビングから出て、あなたから逃げるようにして風呂場に行き、浴槽の掃除をはじめた。

「お母さん、シニアカーは誰のものですか？」

風呂場まで私についてきたあなたが、少し低い声で、ゆっくりと聞いてきた。何が何でも答えを求めるような声だった。

「お客さん」と私は仕方なく答えた。

「昔からようちに来てくれた人」

「え？　お客さんってどのお客さん？　私が知ってる方ですか？」

「ほら、昔お世話になっていた魚屋さんや」

「へ？　シニアカーに乗った魚屋さんの知り合いなんていないですよ。誰です？　今、どこにいるんです？」

「さあ、家のなかにいると思うけど……」

わけのわからない恐怖で手が震えた。

いつの間にか首元に手ぬぐいをかけたあなたは、それで汗を拭いながら、急いだ様子で勝手口まで行ってしまった。息子は「大袈裟やなあ」と笑っていた。お父さんは買い物で疲れたようで、椅子に座ってうとうとしていた。

突然、あなたの「あんた、誰？」という大声が聞こえて来た。

「ちょっと！　そこのおじさん！」

あなたが急いで靴を履いて、外に飛び出して行った。そしてしばらくすると、戻って来た。

あなたはずかずかとリビングに歩いてきて、息子に向かって、「勝手口の手前まで入ってきてた。私の顔を見たら、急いで逃げていったんですけど！　お父さん、茶色いシニアカーの友達っていいます？　あ、寝てるか……」と一気に言うと、ポケットからいつもの携帯電話を取りだして、どこかに連絡を入れた。

「お忙しい時間にすいません。長瀬さんですか？　ちょっとお話ししたいことが……」

また長瀬さんだ。

今日のことを言いつけられたら、お父さんのデイが増えてしまう。私が何か失敗するたびに、お父さんのデイが増え、デイが増えればお父さんはそこの職員さんと浮気をする。それだけは耐えられなかった。私はお父さんを心から愛しているのだから。あなた、どうか長瀬さんに言うことだけは勘弁して……私は心のなかでそう祈った。

あなたが長瀬さんに電話をしはじめると、息子も真剣な顔になっていった。お父さんは眠そうな顔で、ぼんやりと座っている。何度か息子に小声で質問され、首を横に振っていた。

「ええ、茶色いシニアカーで、男性です。七十歳ぐらいですね。魚屋さんとか言ってたみたいで。私の顔を見たら、急いで逃げて行きましたよ。もう少しで入ってこられるところでした。たぶん、デイの人だと思います」

息子は携帯電話を切ったあなたに向かって、「マジで？」と言っていた。あなたは小さな声で「クソじじい」と言っていた。お父さんは悲しそうな目をして、私をじっと見ていた。

ねえ、あの人、お父さんのお友達じゃあなかったの？

魚屋さんは、嘘だったんですか？

この日以降、魚屋さんには一度も会っていない。

少し心配になったので、魚屋さんはもう来ないの？　とあなたに聞いてみた。するとあなたは、「魚屋？　あんなやつはもう来ませんよ。もう二度と来ることはないです。あいつ、常習犯ですよ。万が一、庭に入ってくるようなことがあったら、すぐに私に連絡してください。次はとっ捕まえます、絶対に」と、真面目な顔で言うので、私は大笑いしてしまった。

魚屋さんだもの、お魚をご馳走してくれても不思議じゃないのに、あなたったら大袈裟なんだから。

第七章 私は悪人——盛夏

「お父さん、外で庭仕事するときは、ちゃんと帽子をかぶってくださいね。熱中症が怖い時期ですから。それから帽子なんですけど、なんでいつもサイズが小さいか、大きいか、どちらかなんです？　ちょうどいいサイズの帽子って持ってないんですか？　持ってるやろ、普通……」と、キッチンでお昼ご飯を作りながら、あなたがお父さんに聞いていた。

お父さんはにこにこしながら、何も言い返さない。

少しぐらい言い返したらいいのに、お父さんはあなたが何を言っても笑うだけだ。情けないことだなと思う。私はあなたに強く言うことはできないから、できれば息子からあなたに注意して欲しいのに、肝心の息子は庭木の剪定をしていた。

あなたは私に対しても、ズケズケとものを言う。顔を見れば、お薬は飲みましたか？　と聞いてくる。うんざりする。

お薬のパッチは毎日ちゃんとカレンダーに貼っていますよ。そう返すとあなたは、いやいやお母さん、パッチは自分に貼ってくださいと言って笑う。

間違えちゃっても仕方がないじゃない、後期高齢者だものと私が言い訳すると、あなたはあははと笑って、そうですね、その通りですねと言う。**悪い子ではない**けれど。

うちの男は二人とも、嫁には勝てないのねと思い、ふふと笑ってしまった。

家族が忙しく働いていると、私も何かやらなければという気持ちになってくる。特に、家に知らない女性が入ってきて、私のお気に入りのキッチンや、私の大事な洗濯機を使って家事をしはじめると、いてもたってもいられない気持ちになってくる。

家族の役に立たなければ、私はこの家にいる資格がない。お父さんが女性を家に入れるようになったのは、遠回しに「お前は役立たず」と私に伝えたいからなのだ。

だから、せめて私とお父さんの寝室だけは、この部屋だけは私が掃除しようと思い立ち、ドアに大きく「〆切」と書いた紙を貼り付けた。

絶対に、この部屋にはお父さんと私以外、入ってはならない。

絶対に入らないで欲しい。

寝室のドア以外にも、私は家の至るところに紙を貼り付けるようになった。

デイは月曜と木曜

不燃ゴミは火曜日

整形外科は水曜日

すべて紙に書いて壁に貼ることで、どうにか記憶に留めようとしている。毎日それらの紙を見て確認しないと気が済まない。なかには、あなたが書いてくれたメモもある。

貼り薬は、毎日貼りかえてください。

ひるごはんとゆうごはんのあと、ねるまえに薬を飲んでください。

お酒は控えめにしてください。


あんたに何がわかるんだ。

私の人生に口出しする権利があんたにあるのか。こんな紙を貼り付けられた私の気持ちがあんたにわかるのか。あんたたちにわかるのか。

私は家に来る女性たち全員に説明した。紙に書いてあることはすべて守ってください。特に、私とお父さんの寝室には出入りして欲しくない。絶対に。するど全員が、わかりましたと納得してくれた。いや、納得してくれたと思っていた。

それなのに、至るところに女性の影が見える。

お父さんのベッドに置かれた赤いペン、いつもとは違う布団カバー、ときどき動く枕の位置、微かな残り香。

あなたも息子も、お父さんの浮気に関しては、私の勘違いだと言って譲らない。でも、これだけははっきりといろいろな証拠を残される私の気持ちにもなって欲しい。何かあるたびに、今度こそ私を理解して欲しいと思ってあなたには報告するのに、あなたは曖昧に笑うだけだ。女同士だから気持ちはわかってくれるでしょう？　と、一生懸命訴えるのに、でもお母さん、ないものはないとしか言えないんです、お母さんがお父さんを大好きなのはよく知っていますし、お父さんだって同じ気持ちですよ、それを信じてあげてくださいと、ありきたりなことを口にするだけだ。

私が言いたいのはそんなことじゃない。

惚れた腫れたなんて、この年になったらどうでもいい。私は、裏切られるのは嫌だと言っている。私以外の家族全員が、私を嘲笑っていることに腹を立てている。

簡単に騙すことができると思われていることぐらい、私にはわかっている。決定的な証拠を突きつける必要があるのなら、そうするしかないだろう。私はお父さんのベッドの下に隠れて女を待つことにした。


しばらく経つと、私がいなくなったことに気づいたようで、お父さんが「おーい、どこや」と探す声が聞こえてきた。私は、いい気味だと思って答えなかった。お父さんが何度も寝室にやってきては、私がベッドに寝ていないことを確認している。庭に出て、私がいないかどうか、探し回っている。

リビングから、お父さんがどこかに電話する声が聞こえて来た。もう少し待ったら、きっと女がやってくる。そして二人が寝室に入った瞬間に、私がベッドの下から出て行くのだ！　そうすれば証拠を押さえられる。


あなただって息子だって信じてくれる。

だから、もう少し、もう少しだけ。

＊＊＊

お父さんのベッドの下で、しばらく寝込んでしまったようだった。

全身から噴き出すように汗をかいていた。喉が張り付いたように乾いて声も出ない。意識がもうろうとしかけたとき、「お母さん？」という声が聞こえてきた。あなたがベッドの下にいる私を見つけ、声をかけてきたのだ。

私は、あら来ていたの？　とかすれる声で答えた。あなたは「そうですよ。お母さんがいなくなっちゃったかと思って、探しに来たんですよ」と答えて、さあ、早く出てきてくださいと言った。

理由はわからないけれど、あなたの顔は真っ青で、真剣だった。私はばつが悪くなって、あなたに急いで説明した。ベッドの下で捜し物をしていたのだと。

するとあなたは、「お母さん、早くこっちの部屋に来て、お茶でも飲んでください。

ああよかった」と言って笑った。私は、「そうやね、ほんまによかった。心配をかけてごめんなさい」と答えた。

＊＊＊

焼け付くような夏が終わりに近づき、午後になると肌寒い日が増えた。夕焼けが赤くて美しいというのに、その赤色が私を悩ませる日々が続いた。

ベッドの上の赤いペンは誰のものだったのだろう。なぜ枕が動くのだろう。考えれば考えるほど不思議で、そして腹が立つのだ。家族に相談しても、笑って誤魔化されるだけ。誰も私を信用してくれないことがわかると、生きているのも嫌になってくる。

どうせ**私がすべて悪い**のだ。

私は厄介者なのだ。

そんなある日、あなたが突然やってきて、お父さんを連れて相談に行ってくると言った。

「なんの相談？」

「これからのリハビリのことです」

「なんでお父さんだけ連れて行くの？」

「お父さんのリハビリだから。お父さんから直接話を聞きたいんだそうです」

私はなんとなく心配になったのだけれど、あなたが一緒なら大丈夫だろうと思った。

あなたは、「お母さん、この紙に行き先を書いておきますね」と、紙にペンで、

お父さんは地域包括支援センターに行きます。

お昼には戻ります。

と、大きく書いてくれた。

最近、私のもの忘れが多くなり、家族は何でもかんでも紙に書いて、壁に貼り付けたり、テーブルの上にメモを残してくれたりするようになった。そして私にも、「大事なことはカレンダーやメモに書いておくと便利だよ」と繰り返し言うから、私自身もいろいろな場所にメモを貼る努力をするようになった。

あなたは「何かあったら私の携帯電話に連絡してくださいね」と言い、お父さんと出かける準備をしはじめた。あなたが手際よく、お父さんに上着と杖を手渡す。バッグを手渡す。まるで夫婦みたいに息が合っている。

私はどんどん不安になっていった。

あなたはお父さんと一緒に何をしに、どこに行くつもりなのだろう、どんな場所に行くのだろう。紙に書いてはくれたけれど、それが真実だとは限らない。お父さんに小さな声で「お父さん、行ったらあきませんよ。大変なことになりますよ、騙されているんやから」と言ったのだけれど、お父さんには聞こえなかったようだ。

あなたとお父さんは、それじゃあ行ってくるからと言い、玄関から出てしまった。

私はどうしてもお父さんに行って欲しくなくて、靴下のまま庭に飛び出し、あなたの車に駆け寄った。あなたはちょうどエンジンをスタートさせたところだった。もう二度とお父さんと会えなくなるのではと恐れ、我慢できなくなったのだ。

あなたは驚いた顔でウィンドウを下げ、エンジンを止めた。

「どうしたんですか？」

「あなた、お父さんを連れてどこに行くつもり!?　ほんまのことを言いなさい」と私が聞くと、あなたは落ちついた声で、「今からお父さんと、地域包括支援センターに行ってきます。これからのリハビリの相談をするんです」と言った。

「お昼前には必ず戻ってきますから、それまで待っていてください。テーブルの上にメモは残しておきましたから、不安になったらそれで確認してください」

お父さんは後部座席で、驚いたような顔をして私を見ていた。そして、「すぐに戻るから大丈夫や」と言った。真実なのか、嘘なのか。私は誰を信用したらいいのだ。すべては大きな策略なのではないのか。騙されてたまるものかと思いながら、あなたとお父さんが乗った車を見送った。

それからどれぐらい待っただろう。

お父さんとあなたは、いくら待っても戻ってはこなかった。気がつくとキッチンには私のお気に入りのお手伝いさんが来てくれていて、四角い私の愛用のフライパンでだし巻き卵を作ってくれていた。

彼女はとても作業が早く、完璧だ。お惣菜を作りながら、同時にキッチンシンクまで磨き上げてくれる。年齢だって私に近いから、安心してすべてお任せできる。まるで親友が遊びに来てくれたような気持ちになる。

あなたは彼女のことを、本当にすごいヘルパーさんだと褒め称えていた。私もそう思う。でも先週、私のフライパンを焦がしたことについては、少しだけ意見を言わせてもらった。それが理由かもしれないが、今日は卵を焼きながら、「奥さん、今日はフライパンを焦がさないように注意しますからね。それから卵も二つしか使いませんよ」と言うのだった。

お手伝いさんが作ってくれただし巻きと、丁寧に焼いてくれた鮭の切り身をおかずに、そろそろお昼にでもしようかしら、それともお父さんとあなたを待とうかしらと思っていたそのときだった。インタフォンが鳴って、玄関引き戸のガラスの向こうに、大柄の男性が立っているのが見えた。胸の名札を指さしながら、大きな声で「どうもこんにちは、地域包括支援センターの佐藤です!」と、にこにこしながら言っている。知らない男性を家に上げてはいけないと注意されているから、玄関を開けずに様子をうかがっていると、私の後ろからお手伝いさんがやってきて、「あら、佐藤さんやないの!」と言った。

「奥さん、この方は包括センターの職員さんですよ!」

お手伝いさんがそうおっしゃるのならと思い、玄関を恐る恐る開けてみた。

すると、その男性は、「なんや、木村さん、今日はこちらで仕事やったんか！ 偶然やなあ、それにしてもほんまに久しぶりや。お元気そうでなにより」と言い、お手伝いさんに笑いかけた。私はそこに、所在なげに立っていた。

すると佐藤さんは「おっと、すいません、改めまして、自己紹介させてください。僕は地域包括支援センターの支援員で、この地域を担当しております、佐藤と申します」と言い、首から提げている名札を、もう一度、しっかりと見せてくれた。人懐っこい笑顔の写真は、まさに目の前にいる男性だった。

「ヘルパーの木村さんとは、もうずいぶん長いつきあいなんです。木村さんがこちらに派遣されててよかったなあ。彼女はとても優秀なヘルパーさんなんですよ、ベテランさんですから」と佐藤さんは言い、わははと笑った。

私は、そんな佐藤さんの笑顔に好感を持った。包括支援センター。聞き覚えがある。

大きくて丸っこい体を精いっぱい小さくして、にこにこと笑う。人がよさそうな笑顔で、丁寧な人だ。あっという間に好きになってしまった。

佐藤さんはこの地区の高齢者の生活を支援している市の職員さんで、ケアマネの長瀬さんのことも、よくご存じらしい。今日は、日々の生活について私に聞きたいということで、わざわざ訪ねて来てくれたそうだ。

特に心配ごとはないですけれど……と、言ったものの、私にだって不満はある。不満だけじゃなくて、困っていることもある。

私は佐藤さんに自分の悩みを打ち明けてみようという気持ちになった。今はお父さんもいない、あなたもいない、息子だっていない。心のなかにあるもやもやとした不安や不思議だと感じていることを、このとても人の好さそうな男性に打ち明けてみよう。

「それではこちらにどうぞ」と、私は佐藤さんを家に引き入れた。

お手伝いさんの表情をちらりとうかがうと、大丈夫ですよと言わんばかりに、何度も頷いて私を安心させようとしてくれていた。そしてそれから一時間ほどかけて、私は佐藤さんにすべてを打ち明けた。

お父さんがときどきロボットのパパゴンと入れ替わること、夜中になると寝室で女性の話し声がすること、トイレから鈴の音がして、うるさくて眠れないこと、夜中に誰かが庭を歩いて、玉砂利を踏みしめる音がいつまでも聞こえること、誰かがお金を盗むこと、サプリメントを盗むこと、ときどき自分がどこにいるのかわからなくなること、お父さんの浮気が酷いこと……。

佐藤さんは、一度も口を挟まずに、私の言うことをすべて聞いてくれた。一度も、それは勘違いですよとも、間違っていますよとも言わなかった。私の話をすべてきちんと聞いてくれ、そのうえで「お母さん、お話ししてくれてありがとうございます」と言ってくれた。その佐藤さんの言葉を聞いた途端、目から涙があふれてきた。

「本当に大変でしたね。今まで頑張ってくださってありがとうございました。これからは、ケアマネさん、息子さんご夫婦、お父さん、そして僕たちと、どうやってこのお家で末永く安心して暮らしていけるか、一緒に考えていきましょうね。大丈夫です、みんながついていますからね」

私は感動のあまり、涙声で「ありがとうございます。よろしくお願いします」と佐藤さんに伝えた。

これでお父さんと一緒に、この家でいつまでも幸せに暮らすことができる。

これからは、包括センターの人や、お手伝いさんや、息子夫婦に助けてもらえばいい。無理はしない。がんばりすぎない。頼ることは恥ずかしいことではない。そう佐藤さんが教えてくれたから。

その言葉を思い出すたび、今でも涙が出てくる。

あなたとお父さんはいつの間にか家に戻り、包括センターの佐藤さんとキッチンで談笑していた。不思議なことに、あなたたちはすでに佐藤さんのことを知っていて、親しげに会話をしている。

いつ知り合ったのだろうと考えてはみたけれど、まったくわからない。

あなたとお父さんとお手伝いさんと佐藤さんが、私を囲むようにして立っていることに気づいた瞬間、背筋が凍りつくような恐怖を感じたのはなぜなのだろう。

＊＊＊

デイで運動をしていたお父さんが突然倒れた。目眩がすると言い、座り込んでしまった。

私はどうしていいかわからず、職員さんに言われるがまま、お父さんが横たわるベンチの横で、お父さんを見守っていた。お父さんの顔はどんどん白くなり、意識が朦朧としはじめた。

私は必死になって「お父さんは脳梗塞なんです。何年か前の暑い夏の日に、家で倒れて、それから何ヶ月も入院して、退院してきたのは……退院してきたのは……」と必死に思い出そうとするのに、お父さんの姿がショックで、怖くて、言葉が続かなかった。

デイの責任者だという女性がどこかに急いで電話をし、しばらくするとあなたが慌てた様子で駆けつけた。

結局、お父さんはそのまま救急車で病院に運ばれ、その日から家に戻ってこなくなった。

その日お父さんが救急車で連れて行かれたあと、私はデイの職員さんの車で家に戻った。家のなかに一人きりで残され、何をしていいのかわからず、お父さんの下着をたくさん集めてきて、それをバッグに詰めていった。詰めたものの、どれが必要になるのか混乱し、何度も何度も詰め直し、不安になった。

病院に入院するのだったら、お箸とかコップもいるんじゃないかしら。タオルだって、スリッパだって、絶対に必要なのに、どこにあるのかさっぱりわからない。お父さんは今、どうしているだろう。いつ戻ってくるのだろう。

日が暮れて、部屋のなかが薄暗くなり、私はますます不安になった。


ようやく息子とあなたが家にやってきたのは、それから数時間後だった。とっぷりと日が暮れ、部屋のなかは真っ暗だった。あなたはびっくりした声で「お母さん、電気、電気!」と大きな声で言って、家中の電気をつけて回った。


お父さんは倒れて緊急入院をしたそうだ。しばらくかかりそうだけれど、重症ではない。命に別状はない。一応、大事を取って数日入院するとのことだった。

それを聞いて、心から安心した。

「かあさん、この家で一人になってしまったら寂しいやろ。今日から僕の家に泊まりに来たらええよ。さあ、荷物をまとめて僕の家に行こう」と息子が言った。

私はとても不安になった。

僕の家と言われても、一度も行ったことがない場所じゃないですか。そう言うと、あなたは、「お母さん、大丈夫。来たら思い出しますよ」と言った。

私はあなたたちに言われるがまま、荷物をまとめて車に乗って、あなたと息子の家に向かった。向かったけれども、不安で仕方がない。

車の窓から景色を見れば、確かに何度か行ったことはありそうだ。

お父さんが戻るまで、自分の家のようにはいかないだろうけれど、お世話になろう。お父さんも安心してくれる。

こうして、お父さんのいない暮らしが再びはじまった。

見たことがある女性がテレビの前に座り、カタカタと機械を打って、仕事をしている。

＊＊＊

邪魔をしてはいけないと思い、自分の荷物をバッグに詰めて、足音を立てないように注意しながら、そっと玄関を開けた。これ以上、このお宅に迷惑をかけ続けることはできない。お仕事が忙しそうだから、お礼を言わず、短いメモだけ残した。

お世話になりました。
ありがとうございました。
お父さんの病院に行きます。

玄関を開けた先は全く見覚えのない場所で、右に行けばいいのか、左に行けばいいのかもわからない。
とりあえずまっすぐ進み、最初の角を右に曲がったら、大きな倉庫に行き着いた。仕方なく引き返した。すると今来た道の先に広場が見えた。
この広場を抜ければ、どこかの道に繋がるかもしれない。私は早足でどんどん広場まで歩いて行った。

早くお父さんの病院に行かなくては。
このきれいに洗った下着をお父さんに届けなくては。

私は大急ぎで歩いた。

歩いて、歩いて、もうそろそろ病院だと思った場所には、大きな山がそびえていた。山道は薄暗く、気味が悪い。でも、お父さんの病院はこの山の向こうにあるに違いないと思い、勇気を出して一歩踏み出した。

その瞬間、誰かが私の右手を引っ張った。

「お母さん、家はこっちですよ」

あなたにとてもよく似た女性が、息を切らして立っていた。

第八章

全員悪人

――メモ

ケアマネ　キライ
パパゴン　ニセモノ
白衣の女　キライ
お父さん　うわき
水道ポリス　サギ
魚屋　チカン
あの子　ウソツキ

エピローグ――晩夏

趣味は終活、生きがいは孫です。私は今年で八十一歳、お父さんは八十八歳になります。おかげさまで、二人とも元気で楽しく暮らすことができています。お父さんは数年前の夏に脳梗塞で倒れ、長い間、リハビリのために入院しておりましたが、今は元気にしております。私もとても元気です。コロナが終わったら、すべてが元通りになると聞きました。自由に外に出られるようになったら、お父さんと息子一家と旅行に行きたいと思っています。だからその日まで、息子夫婦の言うことをきちんと聞いて、ジムで体力をつけようと思っています。不自由はありますが、私は大丈夫です。この幸せな日々が、いつまでも続きますように。

あとがき

家族の様子が変わったことに気づいたのは、三年ほど前のことだった。感情の起伏が激しくなり、出先で些細な問題を起こすことが増えた。

例えば、スーパーでレジ係の人が口にした何気ないひと言に怒りを露わにしたり、税込み表示価格と税抜き表示価格に強くこだわるといった行動が増えた。以前であれば、考えられないようなことだ。

それが原因で問題が発生するのだが、家族の意見を聞くどころか逆に激しい議論を持ち出し、持ち出された側は一体どう対応したらいいのか途方にくれるといった状況だった。

意図がわからない。怒りの矛先が見えない。

口論が増えていく様子を間近で目撃しては、ため息が出たものだ。

そんな変化を遂げた家族と対話を繰り返し、二日と開けずに顔を見るようになって一年以上が経過した。様々な人の手を借りながら支援を続ける日々は、順調とは言いがたい。

長年続けてきた生活様式を、「危ないから」という理由だけで変化させようとすれば、当然反発も出てくる。彼らの尊厳を守りつつ、変更が必要な部分は大胆に変え、慎重に、気長に伴走することは忍耐の繰り返しでもある。

今となっては、彼らの孤独や不安が手に取るようにわかるようになった。高齢者が抱く、変化への恐れや苦しみ、孤立、それに伴う焦燥感、そんな複雑な感情のすべてが、その表情から見て取れる。

普通に出来ていたことが、出来なくなってしまう悲しさ。プライドを踏みにじられたと思い、募る他者への怒り。

老いるとは、想像していたよりもずっと複雑でやるせなく、絶望的な状況だ。そんななかで、込み入った感情を抱くことなく必要なものごとを手配し、ドライに手続き人生を重ねていくことが出来るのは私なのだろう。これは家族だからというよりも、人生の先達に対する敬意に近い感情だと考えている。彼らの一番の味方であり続けたい。

地域包括支援センターの職員の男性が、私にこう言った。

認知症はね、大好きな人を攻撃してしまう病なんですよ。すべて病がさせることなのです。

この言葉が今の私を動かしている。

村井理子

村井理子（むらい・りこ）

翻訳家／エッセイスト

1970年静岡県生まれ。琵琶湖のほとりで、夫、双子の息子、愛犬ハリーとともに暮らしながら、雑誌、ウェブ、新聞などに寄稿。著書に『兄の終い』（CCCメディアハウス）、『村井さんちの生活』（新潮社）、『犬ニモマケズ』『犬（きみ）がいるから』（亜紀書房）、『村井さんちのぎゅうぎゅう焼き』（KADOKAWA）、『ブッシュ妄言録』（二見書房）ほか。訳書に『エデュケーション』（タラ・ウェストーバー著、早川書房）、『サカナ・レッスン』（キャスリーン・フリン著、CCCメディアハウス）、『ダメ女たちの人生を変えた奇跡の料理教室』（キャスリーン・フリン著、きこ書房）、『ゼロからトースターを作ってみた結果』『人間をお休みしてヤギになってみた結果』（共にトーマス・トウェイツ著、新潮社）、『黄金州の殺人鬼』（ミシェル・マクナマラ著、亜紀書房）ほか多数。連載に、『村井さんちの生活』（新潮社「Webでも考える人」）、『犬（きみ）がいるから』（亜紀書房「あき地」）、『犬と本とごはんがあれば　湖畔の読書時間』（集英社「よみタイ」）、『更年期障害だと思ってたら重病だった話』（中央公論「婦人公論.jp」）がある。

Twitter：@Riko_Murai
Web：https://rikomurai.com/

全《ぜん》員《いん》悪《あく》人《にん》

2021年5月8日　初版発行

著者　村井理子
発行者　小林圭太
発行所　株式会社CCCメディアハウス
〒141-8205 東京都品川区上大崎3丁目1番1号
電話〈販売〉03-5436-5721 〈編集〉03-5436-5735
http://books.cccmh.co.jp
校正　株式会社円水社
印刷・製本　豊国印刷株式会社
©Riko Murai, 2021 Printed in Japan
ISBN978-4-484-21215-9
落丁・乱丁本はお取替えいたします。
無断複写・転載を禁じます。